RUDI HURZLMEIER • OLIVER MARIA SCHMITT

DAS URKNALL-KOMPLOTT

RUDI HURZLMEIER
OLIVER MARIA SCHMITT

ZUM GELEIT

Wer war, wer ist, wer kennt Nic Schulz? Sprengte *er* den Papst in die Luft? Schuf *er* das größte Plastiktischtuch der Geschichte? Führte *er* die Wehrpflicht für Einzeller ein? Darauf gibt es eine klare Antwort: Wahrscheinlich schon. Was aber wissen wir sonst von ihm? Ist Nic Schulz überhaupt noch ein Mann? Oder schon wieder? Wieviele Geschlechtsumwandlungen hat er hinter sich? Ist er noch immer der geniale Maler, als den er sich selbst sieht? Ist er nicht auch der hochbetagte Zukunftsforscher, der Künder von Kommendem, der gut geschminkte Vortragsredner, als den ihn die anderen sehen? Und vor allem: Ist er wirklich der sympathische Scientologe aus Siebenbürgen, der angeblich auf einer Yacht in der Nähe des Bermudadreiecks lebt? Ja, lebt er überhaupt noch? Und falls ja: Wer genau verbirgt sich hinter den tausend selbstgeschnitzten Masken aus Pappe, Kleister und Glas?

Die Antwort gibt uns Schulz selbst: mit seinem Œuvre. Wir müssen nur noch hinschauen, unser Bewusstsein hochfahren und die „Glotzbebbel", wie Schulz seine beiden Augen gerne schmunzelnd nannte, auf Empfang stellen, sie weit öffnen wie ein Fenster. Denn die Augen sind die Seelen von Fenstern. Und da öffnet sie sich uns auch schon: Die Schulz'sche Schule des Sehens!

Da sehen wir etwa das multiple Selbstporträt „Ich als Tutu im Tutu" (S. 104/105): Es zeigt den Künstler persönlich als mehrfach geklonten Schimpansen im ballerinahaften Tüllkleid, hoch auf einem Schimmel über Häuserschluchten reitend, wild gestikulierend, unverständliche Befehle kreischend. Der gezähmte Hominide – ein Schulz-Motiv, das uns immer wieder begegnet. Wofür mag es stehen? Wie deuten wir das „Bildnis des Vaters" (Abb. links), wo uns abermals der schimmelreitende Schimpanse erscheint? Stumm hält er einen Mann mit Vogelmaske hoch, eine Art Tänzer, den Pestdoktor persönlich möglicherweise, dafür würden ja die beiden Rotkreuzflaggen sprechen, die der Vogelmann hält. Oder sind es negative Schweizerkreuze, eine Anspielung auf die von Schulz bis heute angezweifelte Neutralität der Schweiz? Oder bedeuten sie etwas völlig anderes bzw. nichts? Wer kann das schon wissen? Kunst ist doch immer auch Spiel, Wagnis, Freiheit, Aufbruch, Äpfel – mit einem Wort: Sozialismus light.

Wollen wir heute einen Künstler wie Nic Schulz verstehen, muss es uns um die Rekonstruktion, wo nicht Dekonstruktion des Urknalls gehen: um den des Universums genau so wie um den des Nic Schulz. Wer mag den größeren haben?

Selbst im biblisch hohen Alter von fast einhundert Jahren gibt uns Schulz heute noch Rätsel auf. Hat er, der evtl. völlig zurückgezogen auf seiner Ranch in Colorado lebende Greis, der vormals hoch aufgeschossene und dabei doch stets liebenswürdige Ikonoklast aus Transsylvanien – ein süßes Geheimnis? War er wirklich der Doppelagent, für den er sich ausgab, der schizophrene Spion aus Passion? Fest steht letztlich nur: Er ist ein Wanderer zwischen den Welten, halb Europäer, halb Amerikaner, halb Übermensch. Als Künstler gibt er alles, circa hundertfünfzig Prozent, in Einzelfällen bis zu zweihundert Prozent Rabatt, wenn man ihm drei Bilder zum Preis von vieren abkauft und den Betrag im Voraus überweist.

Aufgewachsen im ländlichen Rumänien, führte er ein beschauliches Dasein zwischen Misthaufen, Mistviechern und „Mister P.", wie er seinen „Papi" vor den rituellen Prügelorgien jeden Dienstag- und Freitagnachmittag nennen musste, wenn der kleine Nic wieder über seinen Vater herfiel. Ein beschauliches, fast schon beschissenes siebenbürgerisches Landleben, wie es etwa Peter Maffay oder Dracula auch erdulden mussten; im Prinzip alles normal, alles im grünen Bereich.

Mit sieben Jahren dann der plötzliche Einbruch: An einem hellen Winternachmittag bricht das Kind Schulz bei Gleitschuhversuchen auf dem Dorfteich ins Eis ein und wird von den rumänischen Behörden umgehend für tot erklärt. Doch Schulz überlebt, wenn auch nur knapp. Ein endloser Papierkrieg mit den Ämtern beginnt, die kommenden Jahre wird der Heranwachsende um seine Anerkennung als Lebender, als Bürger, ja: als Mensch kämpfen müssen. Später hat er diesen seinen Daseinskampf ins Bild erlöst, wie auch alle anderen prägenden Momente seiner Jugend. Schauen Sie sich das bitte mal an, kostet doch nichts, höchstens Überwindung! Entdecken Sie den visuellen Weltenraum des Nic Schulz!

Da sehen wir es vor uns: das Bildnis des Vaters, eines kastrierten Hufschmiedes in den Diensten der rumänischen Karpaten-Division; seine Beziehung zum einzigen Sohn unter acht Töchtern leidet nachhaltig an quälendem Penisneid (S. 10). Seine Mutter, eine stolze Frau, gleichwohl

Bildnis des Vaters

hemmungslose Faschistin, kraulte häufig, ja fast immer ihren Pudel – nie jedoch den kleinen, ja winzigen Nic (S. 11 links). Und da ist Magda-Eva-Germania, die älteste Schwester (S. 11 rechts), sie rettet Nic das Leben. Als sie sich auf Pilzsuche ausweglos verirrt haben, gibt sie dem darbenden Brüderchen tagelang die Brust. Kein Wunder, dass er später einen dezenten Hang zum eigenen Geschlecht entwickelt, bzw. zum anderen (S. 12). Staunend betrachten wir das „Selbstportrait als junger Springinsfeld". Als armer Leute Kind muss Nic die abgelegten Kleider seiner Schwestern auftragen, auch wenn der Dorfpope noch so wild dagegen wettert.

All das sehen wir, doch sehen wir längst nicht alles. Denn da sind auch die ungemalten Bilder des frühreifen, schon überreifen Jünglings, der Zeit seines Lebens an einem massiven Hypergenitalismus leidet und sein Gemächt auf einer Schubkarre vor sich her treiben muss. Davon wissen wir, doch wissen wir längst nicht alles. Denn es gibt nur einen, der alles weiß: Nic Schulz. Sein gigantischer Wissensdurst ist riesig, enorm, saugroß. Er studiert alles, was ihm unter die Finger kommt, von den apokryphen Schriften der Sumerer bis zu den Keilschriften auf griechischen Herrentoiletten. Alles immer im Original, versteht sich. Er schmökert sich durch das Gilgamesch-Epos in der sündhaft teuren Tontafel-Ausgabe, liest Shakespeare auf französisch, die Bibel auf schwäbisch, und Zeichen für Zeichen die chinesische Umschrift des Kommunistischen Manifests, versteht aber nichts, was ihn jedoch nur noch mehr inspiriert. Typisch Schulz.

Wir wissen um diese Dinge, weil er selbst uns davon Mitteilung macht, und zwar im ersten Band seiner insgesamt dreibändigen Autobiographie, das schwere Buch trägt den Titel: „Die Jahre meines Kampfes gegen eine Weltverschwörung aus Nihilisten, Intriganten und Arschlöchern." Diese teilweise recht offene und wahllose Kritik an seinen Kritikern brachte ihm bei seinen Gegnern viel Kritik ein (nebst einigen Verleumdungsklagen), das böse Wort vom „Nihilistenhasser Schulz"

Bildnis der Mutter

der Schwester

machte die Runde. Aber nur so lange, bis Schulz diesen feinen Herrschaften entgegnete: „Von diesen intriganten Nihilistenbengels und ihren Helfershelfern lasse ich mir gar nichts sagen!"

Die Vergangenheit, egal welche, lässt ihn niemals los. Ist es da ein Wunder, dass Schulz schon früh, nämlich mit 39 Jahren sich entschließt, spätestens mit vierzig den Futurismus zum alleinigen Lebens- und Schaffensprinzip zu machen? Begeistert schreibt er 1941 an seinen langjährigen Freund und Berater, den habilitierten Archäologen, Fremdenführer und Antiquar Herbert F. Kietznick: „Ich erkläre den Futurismus für eröffnet, Herbert! Ein mit Überschallgeschwindigkeit dahinbrausendes Raumschiff ist schöner als die Nike von Milo! Ich schleudere dieses Manifest voll mitreißender und zündender Heftigkeit in die Welt, denn ich will dieses Land von dem Krebsgeschwür der Professoren, Archäologen, Fremdenführer und Antiquare befreien!" Voller Abscheu verbrennt Kietznick das hastig heruntergerotzte Manifest, die Freundschaft steht auf der Kippe.

Schulz indes hält unbeirrbar an seinen Lehren fest, wie irr sie auch sein mögen. Das schafft nicht jeder. Wohl nur deswegen ist er uns Heutigen noch ein Begriff, wenn auch mit Mühe erinnerlich. Doch gerieten vor Schulz schon viele andere berühmte Entdecker und Propheten zu Lebzeiten in Vergessenheit: Marx, Jesus, von Däniken – die Liste ist noch wesentlich länger, man kann sie sich irgendwo im Internet runterladen.

Sprachlos macht uns diese Lebensleitung. So gibt es praktisch keinen Lebensbereich, den Schulz nicht analysiert, bearbeitet und nach eigenem Gutdünken umgemodelt hätte, häufig genug, ohne sich durch übertriebene Sachkenntnis den Blick zu verstellen. Er ist rastlos, ein Getriebener, ständig benetzt er die sieben Öffnungen seines Kopfes mit dem Fluidum der Gegenwart.

„Könnten die Menschen auch noch durch die Luft fahren, so wäre ihre Schlechtigkeit rein nicht mehr zu zügeln", vermutete, keine zweihundert Jahre vor Erfindung der Luftfahrt, Gottfried

Selbstbildnis als junger Hüpfer

Wilhelm Leibniz – und das zeigt doch ganz klar, was für ein unfähiger, ja tölpelhafter Zukunftsforscher dieser Typ war. Wie anders Schulz! „Die Menschen sollen nach ihrem Gutdünken in die Luft fahren, nach meinen Plänen zum Mars, und nach Gottes Willen zur Hölle", schreibt er im Rahmen eines vielseitigen Versöhnungsbriefes an den ehemaligen Freund Kietznick, der indes auch diesen Brief voller Wut in die Glut feuert.

Aber was sind Briefe – wir haben Schulzens Bilder, und wir haben seine Tagebucheinträge, in denen er selbst fast alle seine Werke deutet und kommentiert bevor es andere viel schlechter, viel elendiger tun.

Bild und Text gemeinsam bilden so ein höheres Drittes, zusammen sind sie mehr als nur die Quersumme ihrer potenzierten Teile; sie lehren uns „im Endeffekt" (E. Egner) Staunen und Respekt vor dem Geist, der dies per Kopf mit bloßen Händen schuf. Und mit einer ausgefeilten Technik: Der in seiner betörenden Dreidimensionalität schwelgende Prospekt dieser Bilder erinnert uns bisweilen an Gemälde, wie wir sie von richtig guten Kunstmalern kennen, z. B. El Greco oder El Lissitzky. Wie selbstverständlich fügt Schulz Motive, Ansichten, Farben und Flächen in seine Werke, und – chapeau! – vereint mit seinem legendären Epigramm ergeben sie etwas gänzlich Neues, eine nie gehörte und gesehene Sphärenharmonie: die „Zukunftsmusic" des Nic Schulz. Welcher andre Maler hat dergleichen geschaffen, äh: geschafft? ■

DER ÜBERFÜLLTE BLAUE REITER

Im Mikrokosmos des Nic Schulz

Sie ist klein, diese Welt, in die Nikodemus Benediktus Gaius Heinzklaus Schulz am 13. März 1911 hineingeboren wird. Eine karge, zugige Holzhütte mit Außenklo in Meschendorf/Musna, einem Fellachendorf am Fuße der transsylvanischen Alpen. Hermannstadt/Sibiu ist nicht weit/departe, aber was will man schon in Hermannstadt oder Sibiu? Da ist doch auch nichts/nimic! Der Vater, ein als Hufschmied gescheiterter Kastrat, verdingt sich als Waldgänger und Vampirjäger. Auch die Mutter ist selten zu Hause. Tag und Nacht durchstreift sie die Wälder, immer auf der Suche nach hochschwangeren Frauen. Sie hat Geburtszange und Eimer dabei, sie ist Hebamme.

Ein Schulbesuch kommt nicht in Frage, nach wie vor gilt der kleine Nic den rumänischen Behörden als verstorben. Geschnitten von der Außenwelt, von seinen acht älteren Schwestern ignoriert, zieht sich das Kind Schulz in sich selbst zurück: erst das eine, dann das andere Bein, schwupp, den Oberkörper durch die enge Öffnung von hinten durch die Brust ins Auge – fertig: So wird Nic Schulz zum schwarzen Loch, zum saugenden Energievakuum, das alles absorbiert. Der Raum um ihn herum krümmt sich, Glühbirnen springen entzwei. Intensiv wird die nächste und allernächste Umgebung erforscht: was da alles kriecht und fliecht! Winzige Sonnensysteme, mikrobengroße Roboter, Krabbelkäfer, Popel und Nanostaub – ganze Kosmen in einer Nussschale. Erste Skizzen mit Fingerfarbe entstehen, noch zitternd, noch zögernd an Holzhüttenwände geschmiert, bis sie Jahre später endlich ins Tafelbild erlöst werden.

Schließlich nimmt der orthodoxe Dorfpope Liviul Klappstul den Halbwüchsigen unter die schützende Soutane und zeigt ihm Dinge, die ein kleiner Junge nur schwer mit einer Hand be-

greifen kann. Nach eingehender Unterweisung in die praktizierte Nächstenliebe glückt es aber doch. Notgedrungen entwickelt der noch junge Schulz seine ganz eigene Technik der Aufarbeitung: indem er nämlich Geschehenes nicht retrospektiv verdrängt, sondern, im Gegenteil, weit in die Zukunft projiziert – der Blick zurück nach vorn.

1930 legt Schulz im Schoße des orthodoxen Kirchenmannes die Matura mit der Gesamtzensur „ausbaubar" ab und flieht direkt im Anschluss an den Abiball nach Deutschland. Der erste Einreiseversuch scheitert, seine Papiere weisen ihn noch immer als „verstorben/au murit" aus. Doch durch eine kleine List gelingt das Vorhaben. In einem schlichten Eichensarg reist Nic Schulz ins Deutsche Reich ein, Zielpunkt Berlin.

Die pulsierende Reichshauptstadt ist Balsam für die schorfige, ausgedörrte Jungkünstlerseele. Schnell gerät Schulz in den Orbit der Berliner Boheme, wird Beilagenkellner im Romanischen Café am Breitscheidplatz, lernt Egon Erwin Kisch, George Grosz, Otto Dix oder El Lissitzky als Trinkgeldgeber kennen und schließt eine enge Künstlerfreundschaft mit dem damals noch (und heute leider wieder) völlig unbekannten Herbert F. Kietznick.

Seine Freizeit verbringt er in Bibliotheken und Museen, er schwärmt für Jules Verne, Dali und Lil Dagover. Unbeeindruckt hingegen lässt ihn die „Große Berliner Kunstausstellung 1930" – er hatte sie sich größer vorgestellt, auch sind ihm die meisten Bilder zu neu, zu sachlich. Logische Folge: Schulz wendet sich dem Surrealismus zu, doch der Surrealismus wendet sich ab. Die Annahme eines nach Paris entsandten Beitrittsgesuchs wird von André Breton persönlich verweigert. Ebenso wird sein Antrag auf Aufnahme in die Künstlervereinigung „Der blaue Reiter" abgelehnt, Begründung: „wegen Überfüllung geschlossen". Zuletzt scheitert der Versuch, per Einstweiliger Verfügung die Mitgliedschaft in der Darmstädter Sezession zu erwirken – Beckmann und Meidner winken ab und verweisen auf ein ihnen vorliegendes Nichtempfehlungsschreiben von einem gewissen Herbert F. Kietznick. Daraufhin erster Bruch mit Kietznick. Als Jahre später auch der Versuch scheitert, in die erfolgreiche Wanderausstellung „Entartete Kunst" aufgenommen zu werden, resigniert Schulz und zieht sich verbittert an die Peripherie des menschlichen Fortschritts zurück: nach Siebenbürgen.

Ein letztes Mal gibt er der ungeliebten Heimat eine Chance, obwohl seine Familie sich inzwischen aus Prestigegründen von ihm abgewandt hat. Per Inserat sucht er eine große Frau mit schönem Grundstück – vergebens. Er träumt sich weg, malt fremde Galaxien in einer archaischen Mischtechnik und meldet sich zu Beginn des Zweiten Weltkrieges freiwillig bei den Partisanen – auch vergebens. Unter Hinweis auf sein amtlich bezeugtes Ableben wird er nicht eingezogen; „Tote", heißt es lapidar im Absageschreiben, „haben wir schon genug".

Jahre der Verzweiflung, des stillen Schaffens. Bis eines Tages … eines Nachts … in einer der letzten Kriegsnächte ein lauter Knall zu hören ist. Für das weitere Schicksal des Nic Schulz der Urknall schlechthin. Irgendwo, nicht fern von seiner Einsiedelei, ist ein Flugzeug abgestürzt. Tagelang durchstreift Schulz die Karpatenwälder auf der Suche nach dem Wrack. Bis er schließlich in einer unzugänglichen Schlucht Trümmerteile findet. Leichen, Frauen und Männer. Dazwischen Funk- und Radaranlagen, Wörter- und Codebücher, Perücken, falsche Telefonnummern – und viele amerikanische Diplomatenpässe. Offenbar ein Spionageflugzeug, das wegen Spritmangels niederging. Und Nic Schulz scheint es als einziger bemerkt zu haben. Er fasst einen verwegenen Plan. ■

„Viele Lebewesen auf unserem Planeten sind so zierlich“, notiert Nic Schulz zu diesem Bild, „dass sie bei Beschwerden von keinem Notarzt untersucht werden können. Erst die Mikrotechnik macht das möglich. Ein Nano-Sanitätsroboter tastet die Leber einer Filzlaus ab. Das Versuchstier zeigt jedoch keine bedrohliche Schwellung und kann mit einer einfachen Schwanzmassage kuriert werden.“

Aus Schulz' *Gebrauchsanleitung für die Zukunft*: „Dass an der Spitze der Nahrungskette der Mensch throne – ein Irrglaube! Letztlich wird doch alles vom Bakterium verzehrt. Um dem primitiven Einzeller Aug in Auge gegenüber zu treten, ihn zu bezwingen, müssen auch wir selbst auf Mikrobenformat schrumpfen – dann passen Schnupfenbazillen nicht mehr durchs Nasenloch. Aufgepumpte Bakterienhüllen geben gute Tennishallen ab. Kot bleibt keimfrei und eignet sich als Brotaufstrich. Krankheitserreger werden im Zirkus vorgeführt. Alle Italiener hätten auf einer Scheibe Mortadella Platz. Das Totfahren von Fäulnisbakterien wird Volkssport. All dies kann erreicht werden, wenn irgendwann einmal der goldene Schrumpf-Knopf rechts unten funktioniert."

„Alle Ameisen wiegen zusammengenommen exakt so viel wie die Menschheit. Sie sind ebenso gut organisiert, schlafen nie und arbeiten bis zum Umfallen. Nach einem Kometeneinschlag oder nuklearen Overkill werden einzig diese robusten Kerbtiere eine staatliche Ordnung aufrechterhalten

können. Sonst können sie leider nichts. Grundlegende Kulturleistungen wie Briefmarkensammeln, Bleistiftspitzen oder Erbsenzählen sollten wir ihnen daher jetzt schon mit der Muttermilch einflößen, falls Dressur nichts fruchtet.“

Den Siegeszug der Nanotechnologie hat Schulz klar vorausgeahnt: „Fingerhutkleine Space-Drohnen stoßen in kosmischen Nebeln auf unglaublich winzige Sonnensysteme mit erbsen- bis stecknadelkopfkleinen Planeten, die teilweise von nahezu unsichtbaren, aber superintelligenten Hochzivilisa-

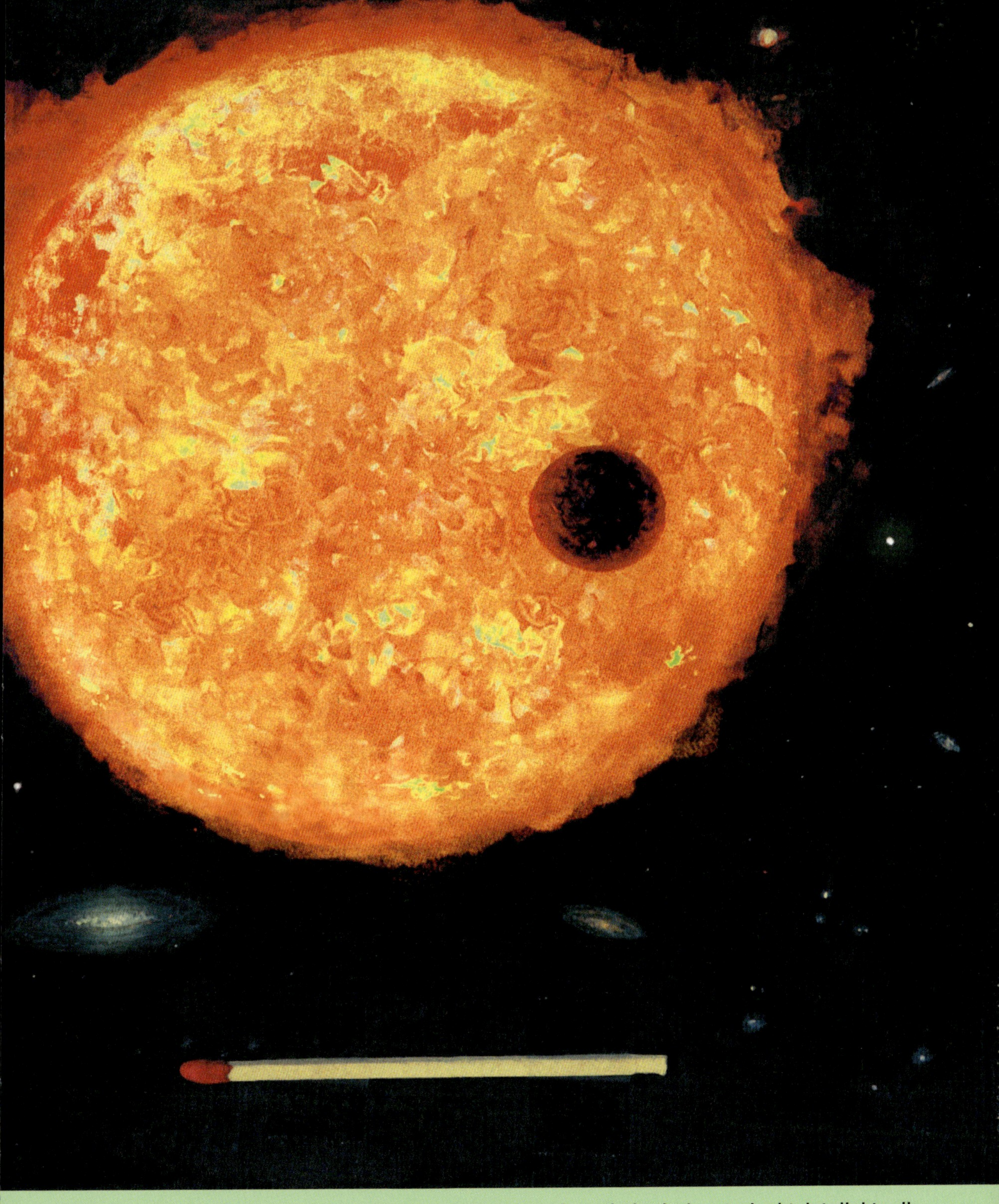

tionen bevölkert sind, welche mit lächerlich geringem Aufwand physisch unterjocht, intellektuell ausgebeutet, eingesackt oder ausgelöscht werden können.
Zum Größenvergleich ein herkömmliches Streichholz (rechts unten)."

GRÖSSER ALS TAUSEND GURKEN

Raumfahrt zur Rückseite des Mondes

Auf dem Mond wächst kein Gemüse. Diese bittere Erkenntnis haben die Astronauten der Apollo-11-Mission im Reisegepäck, als sie nach erfolgreicher Erstbesteigung des Erdtrabanten wieder auf die Erde zurückkehren. Die Enttäuschung über diese Hiobsbotschaft schlägt schnell um in Wut und Trauer, ja blanken Hass: auf den Mann, der doch etwas ganz anderes versprochen und vorhergesagt hat; der im Auftrag der NASA die Möglichkeit einer sukzessiven Mondbegrünung erforscht, unter Laborbedingungen im eigenen Garten getestet und schließlich als „ziemlich realistisch" eingeschätzt hat. Außerdem besitzt er gestochen scharfe Bilder von der Rückseite des Mondes, natürlich selbst gemalt. Nic Schulz ist sich (wie so oft) keiner Schuld bewusst. Dennoch ist diese Geschichte, die des Geheimagenten und verdeckten NASA-Mannes Nic Schulz, eine traurige, voller tragischer Missverständnisse. Was ist geschehen?

Kurbeln wir die Zeit zurück, heutzutage ja kein Problem. Da steht an einem feuchtheißen Julimorgen Anfang der sechziger Jahre ein Mann am Tor der Raketenversuchsstation auf Cape Canaveral und begehrt Einlass. Codewort: „Hello, do you wanna buy beautiful paintings really cheap, I can make you good price." Dieser Mann ist ein in Colorado lebender Zukunftsforscher, der schon seit Jahren auf der Gehaltsliste des CIA steht: Dick K. Strong alias Lester Geroellheimer alias Cara Loft alias Hugo Z. Hackenbush, besser bekannt als: Nic Schulz. Und er hat eine echte Sensation dabei: einen Packen detaillierter handkolorierter Zeichnungen, die schlüssig nachweisen, dass sein berühmter „Kollege" Wernher von Braun auf einem Irrweg ist.

Das offizielle Apollo-Programm sieht nämlich vor, innerhalb einiger Jahre ein gutes Dutzend Astronauten auf den Mond zu schießen, um dort wichtige wissenschaftliche Experimente durch-

zuführen, wie etwa Herumhüpfen in teuren Raumanzügen, Auto fahren, Golf spielen, Müll abladen und dazwischen noch ein paar Fotoshootings. Mindestens sechs Saturn V-Raketen sollen zu diesem Zweck in die Luft gejagt werden, dazu etliche Testabschüsse. Ein zig Milliarden teurer Spaß, von den Spritkosten gar nicht zu reden.

Doch Schulz hat einen besseren, weitaus kostengünstigeren Plan: Statt der vielen Einzelabschüsse soll eine einzige, relativ gigantische Rakete insgesamt 317 Personen verschiedenen Geschlechts zum Mond bringen, dazu Autos, Golfschläger, Wegweiser, Ampeln, einen Streichelzoo und eine Telefonzelle, von der aus eine ungestörte Kommunikation mit Space Control in Houston möglich ist. Alle wichtigen Mondexperimente sollen auf einmal durchgeführt werden, und das innerhalb von nur zwölf Minuten. So könnte lt. Schulz Berechnungen sehr viel Zeit und somit Geld eingespart werden. Statt auf teure Einwegraketen setzt Schulz schon damals auf nachwachsende Rohstoffe: Das Raumschiff soll eine mehrfach überdimensionierte Monstergurke sein, eine Gurke, größer als alle Gurken, die die Menschheit jemals gesehen hat. Nun verfügt zwar eine gigantische Gurke nicht ganz über die Schubkraft einer Saturn-Rakete, dafür ist sie aber CO^2-neutral und wesentlich preisgünstiger, denn sie verbrennt nur eigenes Biogas, das im Gurkeninneren durch Fermentation entsteht.

Ursprünglich hatte Schulz sogar vor, um Entwicklungskosten zu sparen, den ersten Schritt in den Weltenraum selbst zu unternehmen, und zwar in einer selbstkonstruierten, gusseisernen Raumkapsel. Es erweist sich aber als nahezu unmöglich, die tonnenschwere Hohlkugel, die er in seinem Garten zusammenschweißt, auch nur annähernd auf die nötige Fluchtgeschwindigkeit von 37.500 Kilometern pro Stunde zu beschleunigen. Also lässt Schulz von diesen Plänen ab, verschrottet das Ungetüm und macht sich daran, eine Bio-Lösung zu entwickeln, die noch aus heutiger Sicht verblüffend vorausschauend, ja unglaublich zeitgemäß und genial wirkt.

Doch hier enden Schulzens Space-Pläne noch lange nicht. Durch Beobachtungsversuche der Rückseite des Mondes mittels eines kleinen Vergrößerungsspiegels an einer sehr, sehr langen, interstellaren Stange findet er heraus, dass die Rückseite des Mondes aus fruchtbarem Ackerland besteht. Wenn dieses Land in amerikanische Hände fiele, könnte man dort wegen der geringeren Schwerkraft auf der Mondoberfläche noch viel gigantischere Riesengurken züchten und mit diesen weiter zum Mars reisen. Ein genialer Plan, noch *top secret*, nur Kennedy war Mitwisser. Deswegen musste er sterben (22.11.1963). Noch zögerlich überprüfen von Brauns Leute die sensationellen Pläne des deutschen Malers, sind dann aber einigermaßen überzeugt. Ein Vorauskommando (Apollo 11) soll Fotos von der Mondrückseite schießen. Die Astronauten Armstrong und Aldrin knipsen, was der Auslöser hergibt, aber weil es hinter dem Mond so dunkel ist, sind die Aufnahmen schwarz. Schulz' Berechnungen werden offiziell zur Irrlehre erklärt, Kübel von Hohn und Spott über ihm ausgegossen, der Mann kann sich nirgends mehr blicken lassen.

Doch heute wissen wir: Er hatte recht. Höchstwahrscheinlich. Leider wird in absehbarer Zeit keine neue Mondfahrt stattfinden, um Nic Schulz' Theorien zu bestätigen. So werden wir vielleicht nie erfahren, dass die Rückseite des Mondes seit Äonen von intelligenten Lebensformen besiedelt ist. Von einer Zivilisation, die kurz davor steht, die Erde mit einem noch nie dagewesenen Transportmittel zu erreichen: einer riesengroßen Monstergurke. Einziges, bislang noch ungelöstes Problem der Mondrückseitenbewohner: Auf dem Mond wächst kein Gemüse.

„Mitten in die Eröffnungsfeierlichkeiten des ersten Lunar-Casinos platzt die Nachricht von der Ankunft des ‚Weichen Kometen'. Ob Rot oder Schwarz, gerade oder ungerade, interessiert da plötzlich niemanden mehr."

Aus Schulz' *Möglichkeitsstudie für die NASA*: „Der von mir entwickelte Monstergurkengleiter wird die bemannte Raumfahrt revolutionieren. Ein gewisses ‚Händchen' ist jedoch vonnöten, um geschickt um Schwarze Löcher herum zu manövrieren. Gerät die Gurke zu nah an den sogenannten Ereignishorizont, wird die Raumzeit extrem gekrümmt und das Raumschiff mitsamt Besatzung langgezogen wie ein Bubblegum. Lediglich das Presse-Begleitschiff kommt ungeschoren davon, uns zu berichten."

„Der Mars ist rot, der Mars ist nah, der Mars, der ist für alle da. Auf dem roten Planeten kann die sozialistische Utopie wahrhaft gedeihen. Wer eine Gießkanne tragen, einen Gartenschlauch halten kann, mag bei der Urbarmachung des heißen Nachbars mitwirken. Wenn alles grünt und blüht, wird mit dem Bau von Sportplätzen für Mars-Olympiaden begonnen. Kein grauer Plattenbau verstellt den Blick. Man hat Auslauf und wohnt in temperierten Raumanzügen."

„Unersättliche Amüsiersucht und Sensationsgier verführen ein extrem liquides Vergnügungspark-Imperium zum Bau einer Megawasserrutsche von Florida bis zum Mond, im Design ‚Jacks Kletterbohne' nachempfunden und absolut unzerreißbar. Doch unmittelbar nach der Ankopplung erweist sich das ungeheure Projekt als Schnapsidee: Aufgrund der Erdrotation wickelt sich der massive Schlauch um den Globus und zieht den Mond unaufhaltsam näher und näher zur Erde herab."

„Auf dem Mond wächst kein Gemüse, jedenfalls nicht auf der Tagseite. Weichtiere jedoch entwickeln unter der geringen Anziehungskraft eine erstaunliche Körperfülle. Dem Phänomen kann züchterisch noch nachgeholfen werden. Die gemeinsame Speerjagd auf die wohlschmeckenden, aber langsamen Kolosse bietet Touristen sportive Abwechslung bei öden Kraterwanderungen, sie müssen nur der Schleimspur folgen. Die Beute hinterlässt kein hässliches Skelett und das Häuschen findet Verwendung als Kiosk oder Jagdhütte."

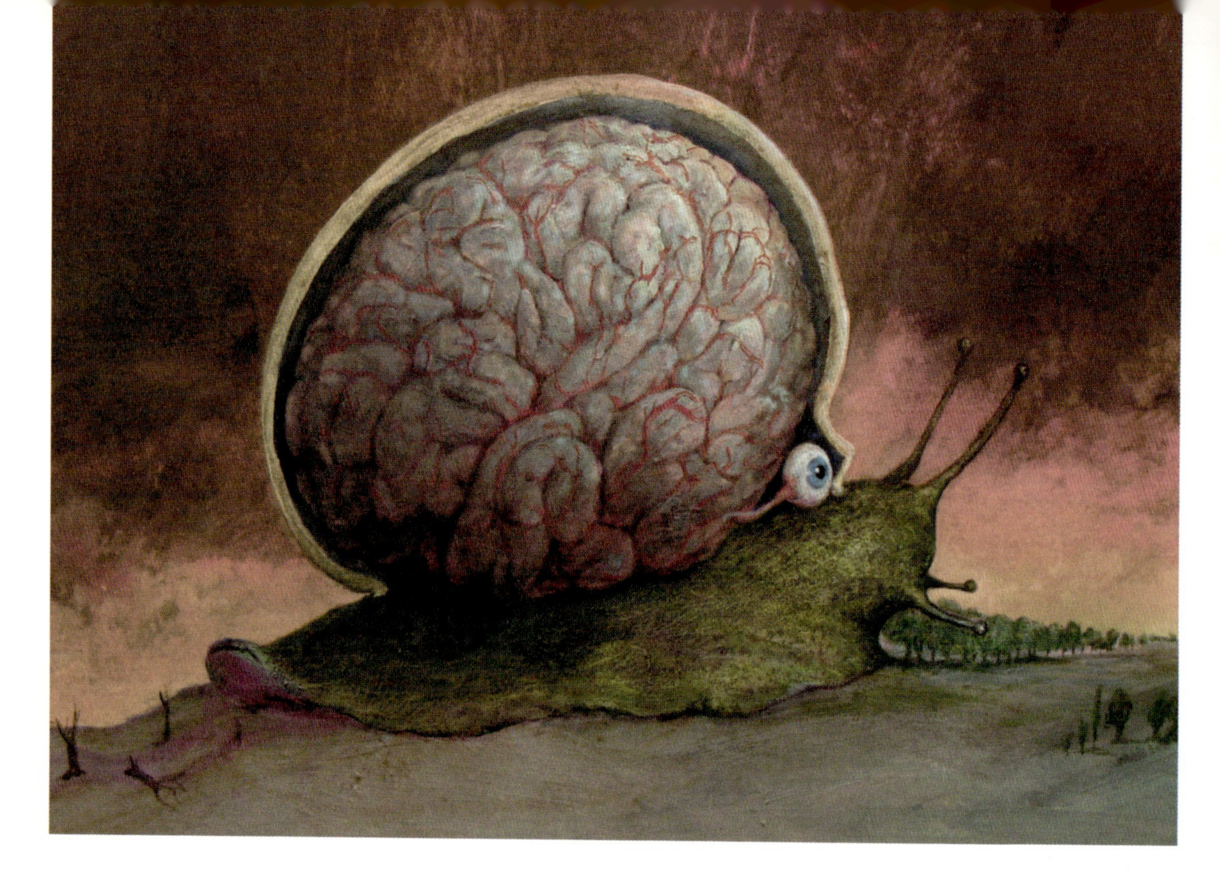

KLEINER MISCHWALD OHNE BEILAGEN

Als Doppelagent unter Demoskopen

Die größte zukünftige Herausforderung für die menschliche Zivilisation sind die Überbevölkerung des Planeten und zu hohe Spritpreise. Gegen letztere, so Nic Schulz auf einem Demoskopenkongress 1974 in New York, könne man nichts tun. Das Populationsproblem jedoch könne man lösen, und er verrät sogar, wie. Durch diesen spektakulären Vortrag, den man in Fachkreisen noch heute den „ewig langen Nic-Schulz-Vortrag damals in New York" nennt, wird er über Nacht zum Star der New Yorker Vermehrungskritikerszene.

Große Waldbrände bekämpft man bekanntlich mit mehreren kleinen gezielten Gegenfeuern. Damals ist es noch gängige Lehrmeinung, dass man die Bevölkerungsexplosion durch kontrollierte Atombombenabwürfe im Zaum halten könne. Da man im Atombombenbau bereits große Fortschritte gemacht hat, liegen der US-Regierung mittlerweile konkrete Abwurfpläne vor. Gerade noch rechtzeitig erfährt Schulz von diesem Vorhaben und kann so – im buchstäblich letzten Moment – die Sprengung Rumäniens verhindern, das als erstes Testgelände für die neue Bevölkerungspolitik dienen sollte.

Sein geliebtes, gehasstes Rumänien! Erst hat es ihn aller Möglichkeiten beraubt, ihn paralysiert und stigmatisiert – aber dann gab es ihm die große Chance, schenkte ihm „den Sechser im Lotto" (wie Schulz dies in einem nicht abgeschickten Brief an Herbert F. Kietznick formuliert), nämlich das abgestürzte Aufklärungsflugzeug. Damals, als er Wochen, ja Monate in der Karpaten-

schlucht verbrachte und in den Trümmern die vielen Unterlagen studierte, Verschlüsselungscodes auswendig lernte und Perücken ausprobierte. Bis schließlich ein amerikanischer Diplomat namens Hugo Z. Hackenbush mit einem Koffer voll Dollarnoten und Pässen auf die Namen Strong, Geroellheimer und Loft aka Schulz das Land verließ ...

Amerika empfängt ihn mit offenen Armen, feiert Schulz als übergelaufenen Doppelagenten. Der bzw. die CIA stellt ihn ein und ist fasziniert von den vielen bunten Ölbildern, Aquarellen und Gouachen, von den merkwürdigen futuristischen Sujets, die Schulz geistesgegenwärtig zu „geheimen Russenplänen" erklärt und für teuer Geld an pensionierte Ex-Agenten verkauft.

Mit viel Elan stürzt er sich auf die weitere Erforschung der Überbevölkerungsproblematik, und zwar mit seiner ersten Ehefrau Ginger Lynn, die er sich über dunkle Geheimdienstkanäle zuführen lässt. Sie ist wunderschön, ca. 1,65 Meter groß und insgesamt eine sehr erfahrene Frau, sie kennt die Wissenschaftswelt, denn sie war vor der Eheschließung mit Schulz bereits mit dessen sämtlichen Freunden, Nachbarn und Kollegen in jeweils zweiter Ehe verheiratet. Was für ein Flittchen! Da Nic Schulz aber kaum, ja strenggenommen gar keine Freunde hat, ist es doch eigentlich egal, er lässt sich wenig später aus Kostengründen ohnehin wieder scheiden. Also Schwamm drüber.

Außerdem brütet Schulz bereits wieder über demographischen Berechnungen zur Bevölkerungspolitik, das war bei ihm ein regelrechter Fimmel. „Sieben Milliarden Menschengehirne", schreibt Mitte der neunziger Jahre der schon Hochbetagte in einem UN-Memorandum, „ergeben, vereint unter einem Schädeldach, rund sieben Millionen Kubiktonnen, also einen *brainball* von ca. zweihundert Metern Durchmesser – mehr ist es nicht. Ein solches kumuliertes Großorgan, von einer Hochleistungsschnecke mit Flüssigkeit und Sauerstoff versorgt, könnte sich problemlos telepathisch mit anderen innergalaktischen *superbrains* verlinken, wodurch sozusagen eine kritische Gripsmasse entstünde, die durchaus mit Gott fachsimpeln, Schach spielen u.v.a.m. machen kann. Der momentane Evolutionsversuch, diese Leistung per glasfasergestützter Vernetzung aller Einzelhirne zu erreichen, ist ein Holzweg, denn mindestens achtzig Prozent der Teilnehmer sind sexbesessen, verwirrt oder religiös. Weitere Vorteile meines Szenarios: Man muss sich nicht mehr ständig abhetzen und mit anderen Leuten telefonieren. Für Militär, Kanalisation, Möbel, Mode, Sport und ähnlichen Schnickschnack wird keine Energie verschwendet. So reichte ein kleiner Mischwald oder eine kleine Allee für die tägliche Kalorienzufuhr."

Eine Abschrift dieses Memorandums nebst einer detaillierten Ölskizze (Abb. links oben) wird UNO-Generalsekretär Boutros Boutros Boutros Boutros-Ghali per Boten zugestellt. Man hat nie wieder etwas von ihm gehört (von B. B. B. B.-Ghali). (Vom Boten auch nicht.) ■

„Frühestens im Jahr 2050“, rechnet Schulz uns vor, „wenn es zehn Milliarden Menschen auf der Erde gibt, werden wir erfolgreich Kontakt zu fremden Lebensformen aufnehmen können. Denn so viele Leute braucht man, um ein weithin sichtbares Gruppenbild zu formen – am besten in der Nähe gerade noch erkennbarer Monumentalbauten –, um dann gemeinsam in den Kosmos zu winken. 10 Mrd. Individuen ergeben bei 5 Personen/m^2 einen relativ langen Fettfleck von 100 x 20 km. Blonde

könnten sich im Hosenbereich platzieren, Rothaarige im Nase-Mundbereich. Die Winkhand bilden aktive Sportler, die schnelles Hin- und hersausen im Wüstenklima gut verkraften. Aufeinandergeschichtet ergäbe die gesamte Spezies übrigens nur einen halben Kubikkilometer (Kasten A) und zusammengepresst (Kasten B) knapp das Volumen der Gizeh-Pyramiden (1). Man beachte auch den Nil (2), Kairo (3), Busparkplatz (4), Nilfähren (5), Staubwolke (6) und normale Wolken (7)."

„Auf der dichtestbesiedelten Mülldeponie Lateinamerikas errichten Neuankömmlinge aus Platzmangel und Angeberei einen gigantischen Wolkenkratzer aus Blech und Brettern, Schrott und Flaschen, dreimal höher als erlaubt. Am Tag des Richtfestes fällt die Konstruktion komplett in sich zusammen und begräbt tausende der fleißigen Handwerker. Seitdem wird am Ort des Unfalls ein

Gedenkjahrmarkt gefeiert, mit selbstgezimmertem, bengalisch beleuchtetem Riesenrad, mit Feuerzauber, Wurf- und Schießbuden und mit Marktständen, an denen Waffen, Munition, Gerümpel und verzehrbare Abfälle feilgeboten werden."

„In den wenigen noch funktionierenden Wohlstandsländern bieten hermetisch abgeschirmte Luxusentfettungskliniken korpulenten Reichen angebliche ‚Blitzabmagerungskuren' an. Tatsächlich werden abgemagerte Elendsflüchtlinge unterirdisch eingeschleust, mit Papieren und Kleidung der ahnungslosen Adipösen ausgestattet und werbewirksam unter Blitzlichtgewitter durch die Hauptpforte entlassen. Die Fettleibigen hingegen werden unters Futter für Turbo-Mastschweine gemengt, welche anschließend zu übelriechender Diät-Streichwurst verarbeitet werden."

LYNYRD, SKYNYRD UND JAMES-VASELINE

Geheimnisse der Genetik

Genetik – so fing alles an, so heißt das erste Buch Mose, und so heißt noch heute die Vererbungslehre zur Herstellung von Biomaterialien wie z. B. Demetermilch, bei Vollmond gezapftem Nachtkerzenöl oder besonders reinen, plastisch verformbaren Metallen wie etwa Molybdän.

„Molybdän! Die Welt braucht mehr Molybdän!"

Nic Schulz schreckt aus dem Schlaf hoch. Staunend. Er ist vollständig angezogen, in seiner Rechten ein gut gespitzter Pinsel. Es ist also wieder passiert: Er hat im Schlaf gesprochen und gemalt, seine eruptierenden Visionen direkt aus dem Über-Ich auf die Leinwand erlöst. Es ist November 1988, und der noch rüstige Künstler gerade dabei, seinen vierundsechzigteiligen „Molybdän-Zyklus" zu vollenden (der in diesem Buch aus rechtlichen Gründen leider nicht zu finden ist).

In seiner insgesamt achtjährigen „Molybdän-Phase" gibt es für Schulz nichts Wichtigeres als das beliebte silbern glänzende Übergangsmetall der 5. Periode (Mo, Ordnungszahl 42). Lange Zeit wurde ja dieses in der Regel als Molybdänglanz (oder sagen wir lieber: Molybdändisulfid) vorkommende Element mit Bleiglanz oder auch Graphit verwechselt. Und wohl genau deswegen steht es in der Schulz'schen Ikonographie sinnbildlich für die Geschichte seiner vierten Ehe mit Nina dePonca, einer arbeitslosen Weltraumpflegerin aus Wisconsin. Peinlicherweise hat er sie nämlich mit einer anderen bei ihm zu Hause tätigen Reinigungskraft verwechselt, bis sich schließlich nach einem Vier-Augen-Gespräch herausstellt, dass beide seit über sechs Jahren glücklich verheiratet sind, und zwar miteinander. Ein schneller Blick in die Tagebücher lässt

aus der Vermutung Gewissheit werden: Man traf sich sogar zu Fortpflanzungszwecken, um so gemeinsam genetische Versuchsreihen aufzubauen.

In vorherigen Ehen sind zwar schon einige Genprodukte entstanden, namentlich Jacky (27), Lynyrd (19), Skynyrd (18), Sophie-Marie-Curie (16) und James-Vaseline (4) – da hat Schulz also einerseits diese vielen hübschen Kinder, wettert aber andererseits feste gegen die Überbevölkerung. Wie passt das zusammen? Nun, es passt eben nicht zusammen, hier liegt nämlich ein klassischer Künstlerkonflikt vor, eine astreine Ausgangskonstellation zur Erzeugung der für Schöpfergeister so wichtigen inneren Zerrissenheit.

Zumal Schulz diese seine Kinder nur zeugte, weil er von der Idee des Klonens so begeistert ist, und das schon von früh an, schon als zarter Jüngling in den Wäldern Siebenbürgens: Da träumt er davon, sein spärliches Taschengeld zu klonen. Später, als frühvollendeter Maler, beginnt er sogar, seine eigenen Gemälde zu klonen, um mehr davon verkaufen zu können. Und wie sehr träumte er doch davon, selbst ein Klon sein zu können! Mit einer lustigen roten Nase im weißgeschminkten Gesicht Späße unter der Zirkuskuppel zu treiben, immer wieder über die eigenen Füße zu stolpern und dabei laut „Hoppela!" rufen zu können!

Kein Wunder, dass er die Herstellung eigener Kinder nur als Vorstufe ansieht zum eigentlichen Einstieg in die Gentechnik. Er beginnt Ferkelföten-Würstchen mit adulten Stammzellen zu impfen (Abb. links), so dass diese zarte Ansätze von Borstenwuchs, Fäkalienauswurf und sexueller Erregbarkeit zeigen; eine erste, erfolgversprechende Vorstufe zu transplantationstauglichen Organen, Gliedmaßen und Körpersaftbehältern, die man dann bequem beim Schlachter um die einkaufen könnte.

Diese kompromisslos utilitaristische Weltsicht führt schließlich zur Zerrüttung seiner mittlerweile fünften Ehe. Als knapp Fünfundachtzigjähriger verliebt er sich in die blonde siebzehnjährige Studentin Blondie Bee, die bei ihm Nachhilfestunden in Mathe nimmt. Kurz darauf läuten die Hochzeitsglocken. „Es ist die reine, geile Lust, vor allem von ihrer Seite", schreibt Schulz an den aufgrund von Potenzproblemen schon lange sehr zurückgezogen lebenden Freund Herbert F. Kietznick, der diesen Brief sofort wütend ins Herdfeuer wirft. Doch ein jegliches hat seine Zeit, und als Schulz sich schließlich wieder der Vervollkommnung seiner Gen-Würste zuwendet, zieht Blondie aus dem Eheschlafzimmer im ersten Stock aus und ratzt unten auf dem Sofa. Der Kontakt zu Nic, der sich beharrlich weigert runterzukommen, wird immer spärlicher. Eine Eheberaterin empfiehlt die Intensivierung der Kommunikation.

Dieser Rat entfacht noch einmal ein Feuer in Schulz, er brennt förmlich darauf, eine gut funktionierende, noch nie dagewesene Wechselsprechanlage zu entwickeln, die Mutter aller Wechselsprechanlagen! Zunächst experimentiert er mit Joghurtbechertelefonen, das ständige Becherleerschlabbern entnervt ihn jedoch. Er steigt auf Kurzwellenfunk um, installiert im Garten einen vierhundert Fuß hohen Antennenbaum mit dazugehörigem Amplitudenverstärker, doch die Stromkosten überstiegen schnell die menschliche Vorstellungskraft. Schließlich zieht er Sisalschnüre über Umwälzlager über weite Strecken von Zimmer zu Zimmer, von der Beletage im Erdgeschoss bis hoch in die Mansarde im ersten Stock. Je zwei Seilzüge und zwei Glöckchen, der Traum von der bidirektionalen Kommunikation ist zum Greifen nah. Das Bimmeln des hellen Glöckchens sagt an: „Bitte schnell hochkommen!". Das Läuten des „Dicken Eugens" jedoch: „Bitte nicht hochkommen, bin noch an den Würsten."

„Stümperhaft genmanipulierte Reissorten bewirken eine radikale Mutation der gemeinen chinesischen Wanderratte. Sie verliert über Nacht alles Possierliche, vernichtet binnen Tagen die Ernte, fällt so gestärkt über das proteinreiche Milliardenvolk her und vermehrt sich zu einem wabernden Pelzteppich vom Ausmaß der Inneren Mongolei . Sagt nicht, ich hätte euch nicht gewarnt", sagt Schulz in seiner illuminierten Streitschrift *Ich habe euch gewarnt*.

„Als eiserne Heizmaterialreserve haben Möbel mangels strenger Winter ausgedient. Bei künftigen Nahrungsmittelengpässen liefern innovative Modelle aber willkommene Zusatzkalorien. Der feiste Sekretär, an dem die rustikale Dame Patiencen legt, besteht aus lebendem Schweinefleisch mit

Knochengerüst und kaum behaarter Schwarte. Er wird mit Küchenabfällen gemästet, die er zu schokopuddingartigem Nachtisch verdaut. In Hungerzeiten, oder wenn sich überraschend Gäste ankündigen, ist er im Handumdrehen geschlachtet und zu Gulasch und Kotelett verarbeitet.“

„Verzweifelte Biologen greifen zu immer neuen Techniken, um die letzten Reste Amazoniens zu retten. Hier wird eine Huaonyani-Indianerin versuchsweise so lange mit Wachstumshormonen und Kohlenhydraten vollgepumpt, bis sie groß und stark genug ist, sich als leibhaftige ‚Pachamama' schützend über den Regenwald zu werfen. Freilich würden aus der üppigen Vegetarierin Unmengen von Methangas in die Atmosphäre entweichen und den Klima-Schlamassel nur verschärfen – wie diese Modellinstallation auf Moos mit Spielzeugflugzeug deutlich macht."

„Speziell das weibliche Geschlecht muss künftig mit dem Mehrfachen der heutigen Lebenserwartung rechnen: Auf einem japanischen Gerontologen-Kongress wird ein zweihundertsiebzehnjähriges, noch im Wachstum befindliches Mädchen präsentiert. Das steinalte Versuchskaninchen ist jedoch schwach auf den Beinen und stürzt bei der Begrüßungsverbeugung in die versammelten Humangenetiker, erschlägt und verstümmelt viele – kommt aber selber mit dem Schrecken davon. Ein Signal der Hoffnung?“, fragt Schulz und lässt die Antwort unschön offen.

HUNDE FÜR HIGHTECH-HOMINIDEN

Nic Schulz und seine Liebe zu Budweiser

„Dein erster Gedanke nach dem Erwachen heiße ‚Atom'." Mit diesen Worten beginnt das heute verschollene „Nukleare Manifest", das Schulz im Juli 1957 im City Lights Bookstore zu San Francisco vorliest, um Allen Ginsberg und dessen Beat-Kumpels zum Einlenken zu bewegen – weg von ihrem technikfeindlichen Drogentrip, hin zu einem drogenfreundlichen Techniktrip. „Denn du sollst", fährt er fort, „deinen Tag nicht mit der Illusion beginnen, was dich umgebe, sei eine stabile Welt. Was dich umgibt, ist vielmehr etwas, was morgen schon ein Gewesenes sein kann, ein Nur-Gewesenes; und wir, du und ich und unsere Mitmenschen, sind vergänglicher als alle, die bis gestern als vergänglich gegolten hatten."

Ginsberg ist augenscheinlich erschüttert, wenn auch nur schwer zu sagen ist, von was. Er ist bis obenhin voll mit LSD, versteht kein Deutsch und glaubt in dem Wort „Atom" die Ortsbezeichnung „at home" zu verstehen, was ja nun so gar keinen Sinn ergibt. Dass die gesamte Menschheit gerade im Begriff ist, sich mittels Atombomben zu töten, hat er erst recht nicht auf dem Schirm.

Nicht länger scheint der Mensch die Technik zu beherrschen, sondern vielmehr andersrum, umgekehrt – diese erschütternde Erkenntnis hinterlässt in dem bis dahin zutiefst fortschrittsgläubigen Zukunftspropheten einen großen Eindruck. Ergriffen macht er sich an ein querformatiges, sehr pessimistisches Tafelbild (S. 26/27), malt einen riesigen, rasenden Fäkalfollikel, der den Mond zu verdunkeln und zu sprengen droht, und nennt das „Die Ankunft des weichen Kometen". Ein sprechender Titel, denn genau das ist auf dem Bild auch sehr gut und klar zu sehen.

Danach geht es ihm besser, er fasst wieder Mut, unterzieht sich einer ersten, noch zaghaften Geschlechtsumwandlung und heiratet schließlich den Industriemagnaten Jerome P. Budweiser, einen Abkömmling der berühmten Brauereidynastie Miller-Lite. Im zweiten Band seiner Autobio-

graphie „Weitere Jahre des sinnlosen Kampfes gegen alle und jeden nebst einigen wissenschaftlichen Tafeln" gewährt uns der Künstler Einblick in seine damals vorherrschende Gedankenwelt: „Egon Friedell schreibt: ‚*Der Siegeslauf der Technik* hat uns völlig mechanisiert, also verdummt' – der hat doch keine Ahnung, dieser Nihilistenbengel, der mag zwar vielleicht das eine oder andere schöne Buch in die Welt gesetzt haben, aber in Sachen Halbleiterforschung oder anorganische Chemie – da hat der doch keinen Blassen!" Harte Worte, gewiss, aber aus Schulz damaliger Perspektive folgerichtig und konsequent gedacht, elegant formuliert und bis heute selbst von der „Fachwelt" kaum widerlegt.

Denn nicht nur inhaltlich gilt Schulz' ganze Passion und Hingabe schon wieder dem Thema Technik, er hat die Krise überwunden und verblüfft nun erneut durch den Reichtum seiner Ausdrucksmittel. Seine Vielseitigkeit steht fast ohne Beispiel da. Er ist problemlos und zu gleicher Zeit Maler und Zeichner, Freund und Kupferstecher, Silber- und Kronleuchter, versteht sich darüber hinaus auch auf Hoch- und Tiefbau, ist Architekt, Konstrukteur und Fachingenieur in leitender Position, konzipiert preiswerte Stadtbefestigungen, vertikale Autobahnkreuze und geometrische Schablonen, die keiner außer ihm zu benutzen verteht.

Quasi mit links entwirft er Hightech-Hominiden (S. 58/59), uringekühlte Ultraleicht-Seifenkisten und Dampfflugzeuge (S. 60ff.), revolutioniert das Zeitreisenwesen, so dass es nunmehr technisch möglich ist, zwar nicht vom Hier und Jetzt in die Zukunft oder die Vergangenheit zu reisen, jedoch aus der Zukunft in die Gegenwart – dadurch könnten beispielsweise beim Spaziergang überfahrene Haushunde durch einfachen Knopfdruck auf ein Quantentransformationsmodul wieder in den Prä-Spaziergangszustand zurückversetzt werden (Abb. links).

„Ich habe alle gängigen Wissenschaftssysteme über den Haufen geworfen, und das oft noch nach Feierabend", schreibt er 1974 an den Freund Herbert F. Kietznick, der wiederum selbst und seinerseits an krankhafter Erfindungssucht leidet und den Brief umgehend aus Wut den Flammen übergibt.

Außerdem, das soll hier noch ergänzend angefügt sein, konnte Schulz, wie Augenzeugen berichten, aus dem Stand heraus kochen, häkeln und küssen wie eine besengte Sau, alle Hauptstädte Skandinaviens auswendig, auf einem Bein rückwärts bis Null zählen und mit verbundenen Augen La Paloma pfeifen – was ihm verständlicherweise den Neid vieler Kollegen einbringt.

Als er schließlich an die Vollendung seines technikkritischen Hauptwerks geht, an das Bild „Eisblaue ostdeutsche Pastorentochter" (S. 56/57; es wurde vor vielen Jahren um ein Haar vom Amsterdamer Rijksmuseum angekauft, weil man es für ein Werk von H. A. Schult hielt), da ist Schulz auf der höchsten Höhe seiner Schaffenskraft, dem Zenit, oder richtiger: dem Perihel seiner Ruhmlaufbahn. Mit der hoffnungsblau schimmernden Eishülle einer kryokonservierten ostdeutschen Pastorentochter hat er die höchste Vollendung seiner Kunst erreicht, eine Tiefe der Charakteristik und eine Größe der Auffassung sowie des Pinselstrichs, die ihn den genialsten Meistern Italiens und Hessens an die Seite stellen.

Eigentlich hätte man dem Genie Schulz längst ein überlebensgroßes Standbild errichten und es in dieser pompösen Ruhmeshalle in der Nähe von Kehlheim an der Donau aufstellen müssen – wenn die Kosten für Herstellung und Transport eines solchen Denkmals nicht gar so hoch wären, ja sind. ■

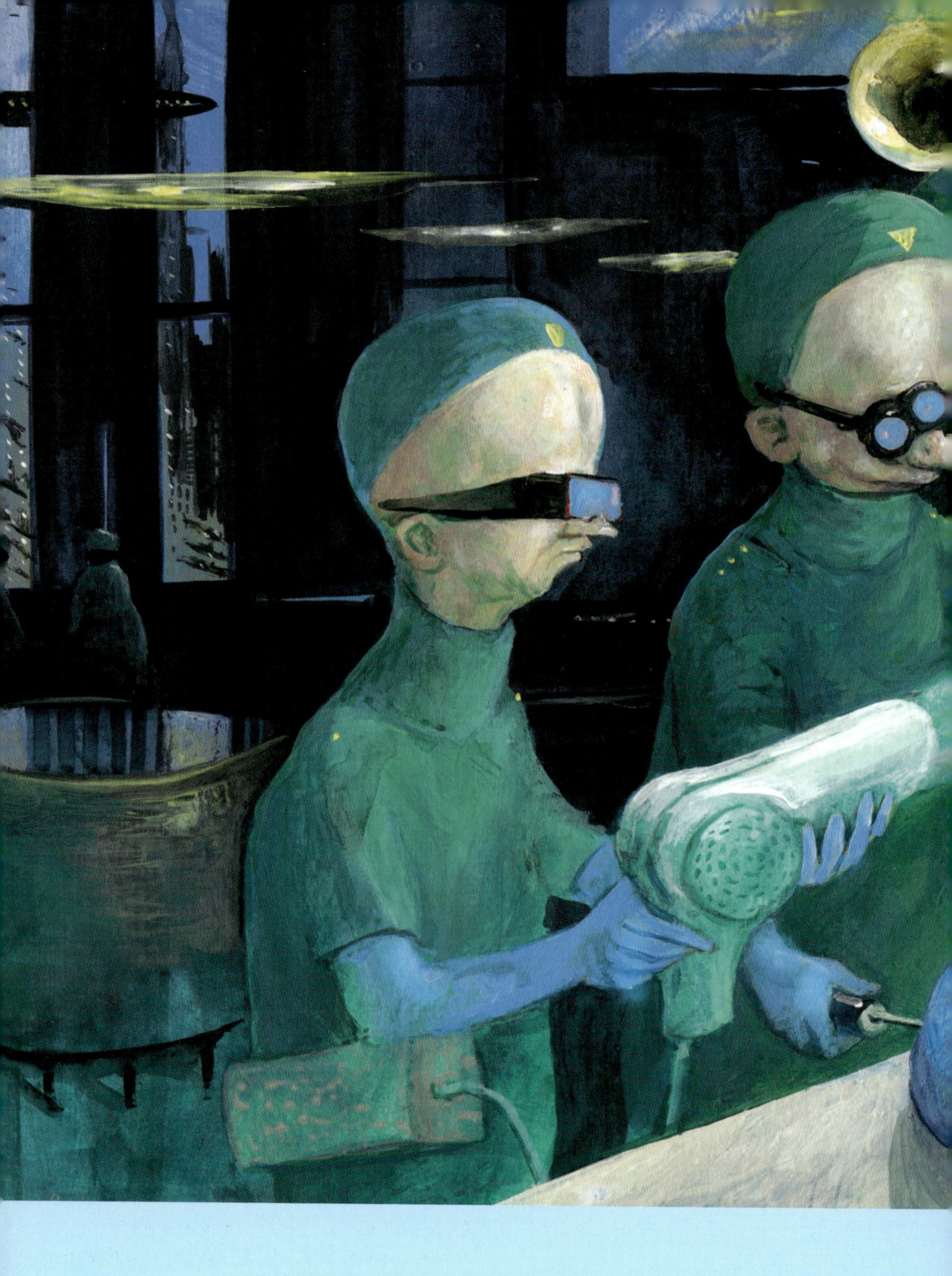

„Wer seine sterblichen Überreste posthum im Flüssigstickstofftank deponieren lässt, ist auf dem richtigen Dampfer. Schon gelingt es Experten, ein hochwertiges Tieffrost-Exemplar erfolgreich aufzutauen. Leider verendet es gleich danach an einer scheußlichen Erkältung. Eine leichte Anhebung der Stickstofftemperatur könnte Besserung bringen.“

„Hightech-Hominiden, die wir heute noch vertraulich Roboter (Arbeiter) nennen, werden zukünftig als FMs, als ‚Feine Mitbürger' daherkommen und uns an Eleganz haushoch übertrumpfen. Sie funktionieren ohne Gasaustausch (kein Husten, Japsen, Furzen), ohne Stoffwechsel (kein Fressen, Schwitzen, Koten), ohne niedere Instinkte (Geilheit, Mordlust, Grämlichkeit). FMs verrichten keine schmutzige Maloche, sondern spazieren agil einher, erteilen mit Vergnügen intelligente Auskünfte

aller Art und haben in jeder Hinsicht Vorbildcharakter. Sie altern auch nicht wie unsereins, sondern werden kaum merklich unmodern. Dann erhalten sie den AA-Aufkleber (Ausgemustertes Auslaufmodell) und gehen in Bahnhofs- und Problemvierteln auf Streife, wo sie von marodierenden Jugendlichen zusammengetreten, kaputtgestiefelt und zerlegt werden dürfen, wobei sie stilecht um Hilfe kreischen und echt opfermäßig bluten. Zum Wohle unserer Jugend."

„Wenn die Autobranche nicht bald strengste PS-Zurückhaltung übt und freiwillig ein paar Gänge runterschaltet, provoziert sie das Heraufdämmern einer radikalen Öko-Diktatur, die ihre Weltuntergangshysterie auf Kleinbauernart am Automobilismus abreagiert. Dann werden nur noch eigengasbetriebene, uringekühlte Ultraleicht-Seifenkisten zugelassen, aus deren Auspuffen Aschenpulver

rieselt, das als Asphaltersatz liegen bleibt und festgefahren wird. Viel Belag, wo viel Verkehr, wenig, wo wenig. Geniales System eigentlich“, notiert Schulz nicht ohne Ergriffenheit über seine gelungene Zukunftsvision.

„Außer Dampfbügeleisen und Dampfnudeln ist vom Dampfzeitalter nichts übriggeblieben. Die Renaissance des Dampfes liegt aber in der Luft, denn Dampf lässt sich problemlos in rauen Mengen produzieren, er sieht, anders als Wind oder Biogas, phantastisch aus, eine Zierde jeder Landschaft.

Und wenn’s auch dereinst kein Tröpfchen Flugbenzin mehr gibt, können unsere Urenkel dank Dampfflugverkehr die Pracht trotzdem von oben bewundern. Das Comeback der Pumphosen und Knickerbocker wird beiläufig auch noch eingeläutet.“

DIE MUTTER VON JACKSON POLLOCK

Ein Steppenwolf unter Scientologen

Das Jahr 1969 wird, entgegen Schulzens Vorausberechnungen, für ihn nicht das Jahr des internationalen Durchbruchs, sondern eine Zeit schwerster Prüfungen, Misserfolge und Rückschläge. Dem Wesen nach schon immer ein großherziger Mann, vermacht er seinen Körper bereits zu Lebzeiten der University of Berkeley (Calif.) zur Einbalsamierung. Das Angebot wird jedoch ausgeschlagen, die fadenscheinige Begründung lautet: „Platzmangel". Ferner drücken ein Generalstreik in Luxemburg und die Watergate-Affäre aufs Gemüt. Im Auftrag des CIA entwirft Schulz ein neues, abhörsicheres Hotel, einen in flüssigem Stickstoff schwimmenden Gebäudekomplex aus gehärtetem Ektoplasma mit Isolierverglasung, der im Falle eines Lauschangriffs sofort aufs offene Meer gezogen werden kann (siehe Abb.).

Schulz' Plan wird jedoch nicht gewürdigt, obwohl er ihn gleich mehrfach eingereicht hat, nämlich unter den Namen Dick K. Strong, Lester Geroellheimer, Cara Loft und Hugo Z. Hackenbush. Mitten in die daraus resultierende Sinn- und Finanzkrise platzt auch noch der Briefträger, der gepfefferte Steuerbescheide auf die Namen Schulz, Strong, Geroellheimer, Loft und Hackenbush bringt. Mit den Pässen, die er einst im havarierten Spionageflugzeug fand, hat Schulz jahrelang bequem unter verschiedenen Namen gelebt, mehrere Frauen und Männer geheiratet, diverse Gehälter vom CIA kassiert – und bekommt nun die Quittung dafür. Eine schwerwiegende Identitätskriese schließt sich an, so schwer, dass man sie regelrecht mit ie schreiben muss. Sie weitet sich aus zur manifesten Psychose, doch Ärzte und Neurologen lehnen die Behandlung wegen „Unrentabilität" ab.

In seiner Verzweiflung denkt Schulz sogar an Flucht, er schmiedet Pläne, ein wasserdichtes U-Boot schmieden zu lassen, „um die nächsten paar Jahre einfach mal abzutauchen", wie er dem

Freund und Gönner Herbert F. Kietznick schreibt, einem erklärten Nichtschwimmer übrigens, der sofort nach Erhalt auch diesen Brief dem rituellen Feuer übergibt.

Düstere, apokalyptische Visionen entstehen in dieser Zeit, die innere Kälte schlägt sich als eisiger Belag auf Leinwände nieder (S. 68ff.). Verkäufe? Fehlanzeige. Auch die Kunstpresse schweigt, nimmt keine Notiz von Schulz, ratlos steht sie vor seinen unzugänglichen, ja schon hermetischen Monumentalbildern. Ein echtes Problem, das sich inzwischen bei der Analyse der Schulzschen Bildwelten stellt, ist nämlich das Fehlen eines guten, umfassenden ikonographischen Dokumentations- und Forschungssystems, einfach weil bis dato absolut niemand Lust hatte, ein solches zu verfassen.

Entschlossen macht Schulz sich selbst ans Werk und notiert: „Das Universum meiner Bildmotive unterteilt sich in a) große Bilder mit viel drauf, b) kleinere Bilder mit weniger drauf und c) Sonderfälle. Naja, dieses System ist vielleicht noch nicht so feinmaschig wie man sich das wünschen würde, aber es ist immerhin ein Anfang, und jede Kultur, jede Entwicklung beginnt ja immer mit einem Anfang, mit etwas Kleinem, noch Rohem."

Doch durch pure Willenskraft und verstärkten Alkoholkonsum findet der Verzweifelte Wege aus der Krise: Bislang, so erkennt Schulz, hat er sich immer nur mit sich selbst beschäftigt, mit seinen wechselnden Geschlechtern und Identitäten – was ihn schließlich in diese Sackgasse geführt hat. Jetzt wird ihm klar: Er muss raus, muss unter Leute! Zwar hat er sich inzwischen einen Ruf als allseits geschätzter Schwätzer erarbeitet, als Quatschkopf und Querulant, doch ist er immer auch Einzelkämpfer geblieben, Solipsist, ein Steppenwolf.

Das soll nun anders werden. Schulz schreibt nach Düsseldorf, will korrespondierendes Mitglied der Künstlergruppe *Zero* werden. Wenige Tage später erhält er von Günther Uecker eine niederschmetternde Antwort: „*Zero* ist bereits seit Jahren aufgelöst".

Schulz siedelt für kurze Zeit nach New York über, um über die Galeristenlegende Leo Castelli Zugang zur Chefboheme der internationalen Kunstszene zu finden. Es klappt! Im Anschluß an eine Vernissage lernt er Andy Warhol, Nico, Edie Sedgwick und George Hickenlooper kennen. Doch Schulz ist enttäuscht, er hatte ja eigentlich vorgehabt, durch Castelli Jackson Pollock, den Bruder von Jackson Pollock, die Mutter von Jackson Pollock, die Frau von Franz Kline oder Cy Twombly und außerdem den alten Marcel Duchamp persönlich kennenzulernen – aber er erfährt erst zu spät vom bereits eingetretenen Tod Duchamps (2.10.1968), und wir schreiben mittlerweile ja schon 1970, nämlich hier: 1970!

In diesem Moment höchster Niedergeschlagenheit muntert ihn ein Geschenk aus heiterem Himmel auf: er erhält eine eigene Jacht! Nun zahlt es sich aus, dass er vor vielen Jahren im Rahmen eines Obskurantentreffens einen gewissen L. Ron Hubbard kennengelernt und diesem erfolglosen Science-Fiction-Autor zur Bildung einer weltumspannenden Organisation geraten hat, um seine Bücher besser verkaufen zu können. Aus lauter Dankbarkeit bekommt Schulz vom mittlerweile schwerreich gewordenen Hubbard ein schönes Schiff und eine einjährige Gratismitgliedschaft in der Church of Scientology geschenkt.

Glücklich und zufrieden lässt sich Schulz Brüste anheften, kauft sich entzückende Pumps nebst einer Kapitänsuniform und nimmt von der Küste Südfloridas Kurs in Richtung Bermudadreieck, um dort gemeinsam mit Dick K. Strong, Hugo Z. Hackenbush und all den anderen eine neue, schöne Schaffensphase zu beginnen. ■

UN

Den Weltfrieden sieht Nic Schulz an Grundversorgungsbedingungen geknüpft: „An kugelsicheren Heliumballons schwebt ein phänomenaler Eierkuchen über einem beliebigen Schlachtfeld ein, sinkt ferngesteuert herab und erstickt alle Kampfhandlungen. Der alte Menschheitstraum von Friede und Freude wird wahr – sobald die Uno die Eier dafür hat.“

„Wintersportorte kämpfen immer verbissener: gegen Gästeschwund, gegen die Erderwärmung, und, als wenn das nicht reichte, auch noch gegen die eigenen Schneekanonenfahrer, wenn diese, von Umweltaposteln aufgehetzt und mit Enzianschnaps abgefüllt, kamikazeartig talwärts walzen.“

Doch bietet die Erderwärmung, wie Schulz meint, auch klare Vorteile: „Am Nordpol wendet sich das Blatt. Wo Scott erfror und Nobile einst abstürzte, tummeln sich bald schon dankbare Pauschaltouristen vor nostalgischen Styroporkulissen, genießen Drinks und Softeis aus gebunkerten Schmelzwasserreservoirs und müssen dank Polarlicht keine Sonnen-Akne fürchten."

Kein Suchbild, sondern bald schon Realität: „In vormals gemäßigten Breiten stapft der letzte Nikolaus durch kochendheiße Innenstädte und freut sich: Weihnachten ist wieder das Fest der Liebe, es wird pudelnackt herumgetollt und gepimpert, bis die Nase tropft.“

„Der Mond nimmt ab, der Mond nimmt zu, der Mond nimmt ab und zu ein Bad, um die Menschheit ist's nicht schad: Am jüngsten Waschtag werden wir allesamt von der Erdkruste gespült und den Fluten entsteigt der König der Kopffüßler, der auch nicht blöder ist als wir, dafür aber acht-

armig. So ist er viermal schneller als unsereins aus dem Gröbsten raus und läutet mit links das Rokoko-Zeitalter des Wassermanns ein, selbstverständlich mit stilechter Allonge-Perücke aus getrocknetem Seegras."

DIE MEISTEN SIND ECHT

Fälschungssicher dank Silberfaden

Dass Nic Schulz einer der beliebtesten und gefragtesten Künstler der Welt ist, belegt nicht zuletzt die Vielzahl seiner Werke. Es gibt Unmengen! Und den dazugehörigen Wermutstropfen gibt es auch: Viele, ja fast alle Bilder, Skulpturen und Mobiles mit seiner Signatur sind der Tendenz nach unecht. Leider ist es so: Fast nichts, was wir von Schulz kennen, ist echt! Eine Ausnahme bildet vielleicht eine Freiluftskulptur aus Kies und Schlamm in der Nähe von Albuquerque, New Mexico, die jedoch nicht mehr erhalten ist.

Gemeinsam mit Dali, Miro und Picasso führt der malende Visionär die Ranking-Liste der meistgefälschten Künstler der Gegenwart an. Experten gehen ja ohnehin davon aus, dass rund vierzig Prozent aller am Markt befindlichen Kunstwerke Fälschungen sind. Bei Schulz dürfte dieser Prozentsatz allerdings noch weitaus höher liegen – manche Kunsthistoriker vermuten, dass in einzelnen Werksphasen nahezu einhundert Prozent aller Nic-Schulz-Werke Fälschungen sind –, da ja schon die Existenz des Malers selbst angezweifelt wird. Der Kunsthistoriker Bruno Granzlinger vermutet sogar: „Das einzig echte an Nic Schulz sind die Fälschungen, die von ihm in Umlauf sind.“ Dieses Zitat wurde jedoch unlängst von Nic Schulz persönlich als plumpe Fälschung entlarvt.

Die Diskussionen um angebliche Schulz-Fälschungen dauern bis heute an, was aber vielleicht auch daran liegen könnte, dass seine Bilder bis heute kaum über Galerien, sondern fast ausschließlich auf asiatischen Straßenmärkten und in Copyshops gehandelt werden. Nic Schulz immerhin legt wert auf die Feststellung, dass jeder Käufer seiner Werke als kostenlose Beigabe ein Echtheitszertifikat erhält, auf Wunsch sogar mehrere, die je nach Bedarf auch auf andere Künstler oder Werke ausgestellt werden können.

Doch was macht es schon aus, ob ein Nic-Schulz-Bild echt ist? Viel wichtiger ist doch, dass die Botschaft darauf echt ist bzw. die Motive: Diese fluoreszierenden Schlamm- und Schleimfarben (Abb. rechts)! Diese polychromen Tierbilder (S. 78 ff.)! Diese vielen Figuren, die in quecksilbriger Leichtigkeit über die Leinwand tanzen! Dieser Radfahrer auf der Flucht vor einem Hai (S. 85)! Dann herrscht kein Zweifel mehr: hier liegt ein echter Schulz vor. Erkennbar übrigens auch an dem eingearbeiteten Silberfaden, dem Wasserzeichen in der Leinwand, der eingeprägten Signatur in Brailleschrift und dem kleinen Sicherheitshologramm auf allen Bildern über 10.000 Euro.

Um dem Fälschungswirrwarr zu entgehen, beschließt Schulz bereits Mitte der sechziger Jahre, einen ganz eigenen, unverkennbaren Stil zu entwickeln, einen bis heute unkopierbaren Stil, den man leicht an der Verwandtschaft entweder mit Hieronymus Bosch oder Daniel Richter erkennt. Fünf klassische Alleinstellungsmerkmale machten es leicht, seine Originale von Fälschungen zu unterscheiden. Jedes Bild ist nämlich a) eine neodadaistische Collage aus einer Kombination von Abstraktem Expressionismus und *Pop art*, nämlich b) eine Malerei in Verbindung mit darauf befestigten Gegenständen des täglichen Lebens (z. B. Glühbirnen, Speisereste, Wirtschaftswerte), die c) zum Teil übermalt werden, insbesondere d) in einem dreidimensionalen Raum, wodurch e) die traditionelle Grenze zwischen Malerei und Skulptur eingerissen wird. Sein New Yorker Galerist Leo Castelli ist begeistert, die Bilder gehen weg wie nichts, weil alle sie für echte *Combines* von Robert Rauschenberg halten.

Um so überraschender, dass Nic Schulz dennoch Weltruhm erlangt. Wie war das möglich? Letztlich gibt es keine Antworten, man rätselt, verliert sich in Spekulationen. Vielleicht bringt ja eine kleine Geschichte aus dem Leben des Künstlers ein wenig Licht ins Dunkel …

„3D-Holo-Bild und Surroundsound, Geruchssimulator, Wetterprojektion und Pizzaservice bannen die Couchpotatoes rund um die Uhr vor die Beamer. Es bleibt kaum Zeit zum Anziehen."

Der schon recht reife Schulz schaffte es Mitte der Siebziger Jahre, seinem Galeristen eine Ausstellung mit einem Zyklus seiner monströsen, mit Teleskoppinseln gemalten „Mikrokosmen" abzuringen. Dabei profitierte Schulz unwissentlich von folgender Verwechslung: Er signierte damals stets mit „N. I. C. Schulz fecit". Der Galerist las aber den ähnlich lautenden Namen Wassily Kandinsky, d. h. auf dem Bild stand „Schulz", und es war ja auch von Schulz, aber der unerfahrene und kurzsichtige Galerist glaubte, es handele sich um ein Werk von Kandinsky, dem Großmeister der bunten Moderne, der damals schon respektable Preise erzielte. Der Galerist glaubte in seiner Naivität, mit Bildern Kandinskys den ganz großen Deal machen zu können. Mit Kandinsky hatte es jedoch folgende Bewandtnis: In Wolgograd hatte er sich das Pseudonym

El Lissitzky zugelegt, um sich ungestört der abstrakten Malerei widmen zu können. El Lissitzky heiratete die damals noch unbekannte Katharina Kokoschka (alias Käthe Kollwitz), die auch die „Venus von Milano“ genannt wurde, und nannte sich fortan Oskar. Ein anderer Künstler der Avantgarde, der zufällig ebenfalls El Lissitzky hieß, wurde einmal auf einer Vernissage versehentlich als Giesbert Knörzer vorgestellt, was nun wirklich überhaupt keine Ähnlichkeit mit irgendwem hat. Bei diesem Durcheinander ist es auch kein Wunder, dass sich der einfältige Galerist einen Schulz für einen Kandinsky bzw. Rauschenberg vormachen ließ.

In diesem Zusammenhang verdient auch die Tatsache Erwähnung, dass Winston Churchill einmal als der „Chruschtschow der Briten“ bezeichnet wurde.

„Afrika läuft Indien den Rang als größte Breitwandfilm-Nation ab, weil es mittlerweile über sämtliche Nutzungsrechte an pittoresken Tieren und mondänen Landschaften verfügt. Der Löwenanteil der jungen Afrikaner drängt vehement ins Showbusiness, der Rest schaut unverdrossen zu.“

Nic Schulz' einzige Berührung mit der Musikindustrie: Nachdem Anfang der Siebziger Jahre die Plattenverkäufe der Beach Boys stark einbrachen, schlug Schulz in einem Schreiben an Brian Wilson vor, es doch mal mit einer eher länglichen, fast elliptischen Schallplatte mit zwei Löchern zu probieren. Den Coverentwurf legte er gleich bei. Das Projekt wurde zwar nie realisiert, der Siegszug des Doppelalbums war dennoch nicht mehr aufzuhalten.

HIMALAJA
2
3

Den Hochhausbau hingegen revolutionierte Schulz mit links. Nachdem selbst die kühnsten Projekte (1) nicht mal einen Kilometer Höhe erreichen (Taipeh-Tower 509 m, Burj Dubai 818 m), kontert Schulz mit wesentlich unkonventionelleren Konstruktionen: So kann ein „Angelehntes Hochhaus“ (2) locker 1580 Stockwerke hoch sein, das „Liegende Hochhaus“ (3) ist sogar unbegrenzt fortbaubar und benötigt nicht mal Feuertreppen. Der invers gebaute „Deep Tower“ (4) geht durchgehend von Australien nach Italien, wird mit Erdwärme beheizt und hält den Luftraum frei (5) für wahre Wolkenkratzer. Da kann der Turm von Pisa (6) praktisch nichts mehr ausrichten.

„Der Globus ist zwar noch jung, aber bereits an allen Ecken bestiegen und bezwungen. Jungfräuliche Berge, unberührte Wüsten, geheimnisumwitterte Kontinente, unbekannte Abgründe – alles perdu. Abenteurer der Zukunft müssen für ihren ultimativen Kick mehr Phantasie walten lassen als dunnemals Luis Trenker oder Sven Hedin. Bis heute noch nicht da gewesen: Unterwasser-Damenboxen ohne Taucherglocke, Atlantik-Unterquerung per Mountainbike."

„Narkotisierte Wale auf gigantischen Sushi-Platten, baumlange Eßstäbchen, enorme Gewürzstreuer, das größte Plastiktischtuch der Welt" – ganz schön megalomanisch, dieser Schulzsche Entwurf für eine Kunstinstallation im Großaquarium eines Tokioter Fischrestaurants. Doch wie stets hat Schulz ein Auge für die Kosten: „Wenn ihr mir die Neoprenanzüge sponsert, spülen meine Assistenten hinterher persönlich ab."

ERTRUNKEN IM BERMUDA-DREIECK

Schulz – ein Arthur Cravan seiner Zeit?

Anders als sein Kollege Robert Rauschenberg, der einmal sagte: „Ich hasse Ideen, und wenn ich doch mal eine habe, gehe ich spazieren, um sie zu vergessen" – ging es Nic Schulz immer nur um Ideen. Nicht um die Idee an sich, nein, ganz praktisch um Einfälle, um Geistesfunken. Ja, er war regelrecht verrückt danach und nahm sie, überzeugter Ekklektizist, der er war, in sich auf, woher sie auch kommen mochten. So hatte er eines Tages, seine Jacht trieb gerade mit einem Motorschaden orientierungslos im Bermudadreieck herum, die Idee, nun ebenfalls eine eigene Religion zu gründen. Wie es zuvor sein Freund L. Ron Hubbard getan hatte.

Längst war ja Schulz als Mensch wie als Person gereift, eine Figur seiner eigenen Kunst geworden, ein Mystiker aus Neigung, ein Demiurg aus Passion. Seine visuelle Transzendentalmythologie – an Novalis gestärkt, an Barthes geschult – mag uns Heutigen bisweilen schwer nachvollziehbar, in Ansätzen sogar völlig bescheuert erscheinen, das ändert jedoch nichts an der Konsequenz ihrer Redundanz, die ja durchaus erwünscht ist: Je einfacher etwas ist, desto leichter begreifen wir es.

Schulz, schon seit Monaten zur See, gilt auf dem Festland (USA) bereits als vermisst, verschollen, vergessen, ein Arthur Cravan seiner Zeit. Doch das Gegenteil ist der Fall: Schulz ist quicklebendig auf dem Ozean unterwegs, um über Gott und dessen misslungene, noch unfertige

Welt nachzudenken. Er steht an der Reling und wundert sich, dass eine leere Coladose, die er gerade über Bord geworfen hat, plötzlich von der Wasseroberfläche verschwunden ist. Zack, weg! Genau so wie der gewaltige Tanker, der eben noch vorbeigeschippert ist – wie in Wasser aufgelöst! Jetzt wird Schulz klar, dass er das Bermudadreieck entdeckt hat, wovon er seinen Schüler Erich von Däniken sofort per Flaschenpost unterrichtet: „Genaugenommen ist dieses Dreieck nach meiner Berechnung ein Fünfeck, und weil ich das herausgefunden habe, soll es künftig Nic-Schulz-Fünfeck heißen. Bitte teile dies der Welt mit, gez. Schulz." Heute wissen wir: von Däniken scherte sich einen Teufel darum, und wir bedauern dies zutiefst.

Monate später wird Schulz von der Besatzung eines honduranischen Bananenfrachters aus dem Meer gefischt, er ist in zwölf Rettungswesten gewickelt und kann sich an nichts erinnern, außer dass seine Mutter die Erfinderin des Telefons ist und sein Vater ein Pferd. Man schafft ihn nach Amerika, kleidet ihn neu ein, allmählich kehrt die Erinnerung wieder. „Unsere Jacht wurde von Gott persönlich versenkt", gibt er später vor einem Untersuchungsausschuss zu Protokoll, „meine Matrosen mussten jämmerlich ertrinken, weil sie keine Rettungswesten hatten, es war schrecklich."

Doch wäre Schulz nicht Schulz gewesen, hätte er nicht auch aus dieser unmittelbaren Gotteserfahrung künstlerisches Kapital, ja Großkapital geschlagen. Schon immer war es, siehe oben, seine ganz persönliche „Note", alle in der Luft liegenden Strömungen, Religionsmoden und Denkschulen aufzugreifen und in sein Werk einfließen lassen – so verdanken wir dieser Begegnung nicht nur das programmatische Bildnis „Schöpfer und Scheitan", wo Gott als weißgewandete Bürovorstehergestalt mir roten Hosenträgern in der Begleitung des Leibhaftigen zu sehen ist (S. 92/93), sondern auch die legendären und bis heute verschollenen „Zehn Tafeln", welche er im Rahmen eines spontan inszenierten Fluxus in San Francisco symbolisch der Nachwelt übergibt.

Schaut, da steht er! An der Straßenkreuzung Haight/Ashbury und kann nicht anders, der Hohepriester Schulz: Mit einer Sonnenbrille nur notdürftig getarnt, öffnet er seine Behelfsbundeslade aus Sperrholz und Knet, entnimmt ihr die leicht entflammbaren „Zehn Tafeln“, die er anschließend zur pfleglichen Aufbewahrung an seinen Freund Herbert F. Kietznick schickt, und liest los. Dies aber steht auf den „Zehn Tafeln“ geschrieben:

1. Alle mal herhören.

2. Ich habe mein Leben lang gegen eine Weltverschwörung aus Nihilisten, Proktologen und Schleimscheißern zu kämpfen gehabt. Kann da vielleicht irgendeiner mithalten? Also regt euch nicht auf, sondern fahret fort in eurem Tun.

3. Jeder, in Worten: *Jeder* hier auf dieser Welt kann glücklich werden nach meiner Facon. Ihr müßt mir nur folgen.

4. Wer süchtig nach Anerkennung ist, soll anerkannt werden, notfalls nach Aktenlage. Wer süchtig nach Liebe ist, der soll geliebt werden. Und wer kokainsüchtig ist, der soll den Kollegen auch was davon abgeben.

„Mystizismus und transzendentes Feeling sind kein Hokuspokus, sie folgen genetischer Veranlagung. Fast jeder Mensch besitzt nach meiner Berechnung ein Gottes-Modul, daher sein spiritueller Drang und die Fähigkeit zur Wahrnehmung ominöser Erscheinungen: Da begegnet

5. Wenn ihr angerufen werdet, so meldet euch stets mit eurem vollen Namen am Telefon, nennt die vollständige Anschrift und die genaue Uhrzeit. So weiß der Anrufer jederzeit, wen er wann in der Leitung hat!

6. Kein Witz – Du bist der 999. Leser dieses Gebots und wurdest soeben als möglicher Gewinner von Erlösung und Seelenfrieden ausgewählt. So kann Gottes Ratschluss einen jeden ereilen! Aber verlasst euch nicht auf Gott, er ist überlastet und nicht existent, er kann sich nicht um alles kümmern.

7. Sollte im Fernsehen eine Sendung kommen, die euch nicht gefällt, dann schließet die Augen und haltet euch die Ohren zu, so lange, bis die Sendung vorüber ist.

8. Höret! Brot trocknet nicht so rasch aus, wenn man es stets in einem Eimer mit Wasser lagert!

9. Zum letzten Mal: Ihr könnt nicht immer so tun, als sei gar nichts. Das Gegenteil ist der Fall, es ist immer was! Was aber genau, das werde ich zu gegebener Zeit mitteilen!

10. Und jetzt alle wieder an die Arbeit, die Zukunft schläft nicht! ■

sich die Heilige Jungfrau im Lichte ihrer Erkenntnis selbst, mit gezähmter Fledermaus als Friedenssymbol. Der Antichrist auf seinem Höllenross indes taucht für immer in den Orkus ab." Naiver Symbolismus made by Schulz? Vielleicht. Dafür aber ganz schön teuer.

„Wohlgenährt und voll im Saft, mit borstigem Schwanz und sehnigem Glied, kehrt Satanus vom Erholungsurlaub wieder. Kaum fällt er auf unter all den Dumpfbacken, Ignoranten, Nihilisten, Kokskonsumenten, bestrapsten Kretins und Gehsteigbrunzern im muffigen Misthaufenmilieu unserer

Einkaufsmeilen – wäre da nicht der eine, der Dreieine, der allmächtige Gott, der, unter schwarzer Flagge flanierend, dem Beelzebub Geleit gäbe. Doch wer führt hier wen? Wer ist Rittersmann, wer der Knapp?“ Fragt uns Schulz, und wir geben diese Frage zurück.

„Neue Heiligenfiguren braucht das Land“, ruft Schulz uns zu. „Vor allem weibliche! Daher seht und betet sie an, ihr Ignoranten und Heidenknechte: Die Hl. Dolores lässt den Dompfaff bei sich nisten und hält die Christenfackel hoch, bis sie abgeworfen und von der Dampflok überrollt wird.

Und auch die Hl. Jacqueline erleidet ihr Martyrium an nämlichem Bahnübergang: Ein frommer Molch bettelt um ein Tröpfchen Milch, sie lässt vor Schreck die Zügel fahren, fällt und wird a tergo vom Zug erfasst. Amen.“

„Von Muslimen lernen: Ein hochsensibler Papstnachfolger sprengt sich aus Protest gegen die Schlechtigkeit der Welt mitsamt dem Petersdom in die Luft."

MIT MESKALIN UND WAHRSAGERSALBEI

Das Urknall-Komplott der Außerirdischen

Machen wir uns nichts vor: Das wichtigste und prägendste Ereignis im Leben des Nic Schulz ist der Urknall. Ohne jeden Zweifel. Diese nach Einschätzung vieler Wissenschaftler riesengroße Explosion bei der Grundsteinlegung unseres Universums, dieser *very big bang* ist ihm, dem Künstler und Künder des Künftigen, Metapher und Metaebene zugleich. In Band drei seiner Tagebücher notiert er: „Durch die Dekonstruktion der Welterschaffung die Rekonstruktion des Anfangs aller Zeiten – Mensch, das wär's doch!" Und Schulz hat gute Gründe, sich dieser absoluten Stunde Null zuzuwenden. Als Seiteneinsteiger in die Zukunftsforschung und Ufologie verblüfft er die Fachwelt immer wieder mit neuen, nicht für möglich gehaltenen Perspektiven und Projekten, mit Ansichten und Visionen, die erst Jahre später tatsächlich bewiesen werden können, serienreif werden und dann in Vergessenheit geraten.

Nun, im Jahr 1978, hat Schulz ein neues, noch nie dagewesenes Projekt: Für einen Geheimauftrag der amerikanischen Regierung, den er auf verborgenen Wegen durch Wasserleitungen zugespielt bekommt, muss er den genauen Zeitpunkt und die ungefähre Lautstärke des Urknalls berechnen. Natürlich darf er über diesen Auftrag mit niemandem sprechen, sonst: Rübe runter, klarer Fall. Nur so viel sei verraten: Schulz soll schlüssig nachweisen, dass es die sogenannten Außerirdischen nicht gibt, gar nicht geben kann. In den Kinos feiert gerade George Lucas' „Star Wars" große Erfolge, die Bevölkerung ist verunsichert, Jimmy Carter will Ruhe im Land, da darf der zivilisatorische Alleinvertretungsanspruch Amerikas auf keinen Fall angezweifelt werden.

Die Antwort auf die Frage, ob es da draußen Leben gebe, das weiß Schulz wie kein zweiter, liegt allein im Urknall. Er forscht und rechnet wie ein Besessener, berserkerhaft reiht er Zahl an Zahl, Vari an Able, bald schon hat er alle möglichen Werte für die Berechnung des Zählers zusammen, nun muss er diese nur noch auf den richtigen Nenner bringen – doch der entpuppt sich schon bald als das eigentliche Problem: Der Nenner ist nur mit Hilfe der Weltformel zu errechnen. Genau, die Weltformel. Wie ging die noch mal?

Es war ja hinreichend bekannt, dass es eine gab, schließlich hatte auch der große Alfred E. Einstein (1,84 m) bis zu seinem Tod 1955 in Princeton immer wieder an ihr herumgebosselt, hier mal einen Wert verändert, dort eine Variable hinzugefügt, oder das Plus- durch ein Minuszeichen ersetzt – aber irgendwie wurde kein rechter Schuh draus, nicht mal ein linker. Doch ist die Weltformel ja auch kein Schuh, sondern ein „globaler Cluster" (K. F. Gödel), sie ist auf verschiedene Mathematiker auf der ganzen Welt verteilt (daher der Name), die sich aber untereinander nicht kennen. Jeder weiß nur von einem Teil dieser Formel, und Schulzens Teil heißt: $2 + (xy^2 - 23{,}6\,\lambda + \frac{1}{2}\,\mu + 128!)$.

Mählich wird Schulz klar: so kommt er mit der Urknallforschung nicht weiter, also versucht er es mit der neuartigen Technik des *rebirthing*. Er belegt Kurse bei alten, verschrumpelten Indianerfrauen, will wieder zurück, ganz an den Anfang, die eigene Stunde Null noch mal durch-

PEACE

leben (S. 99). Nach starken Gaben von Meskalin und Wahrsagersalbei gelingt es endlich: Nic Schulz, 67 Jahre alt, Rechtshänder, Linksträger und Teilzeitallergiker, wird wieder zum Säugling, der jahrelang nur von seinem rumänischen Tuffsteinschnuller lebt, jegliche Auskunft verweigert und fragende Blicke schweifen lässt: Wo ist denn das süße kleine Haue-Hämmerchen? Wird es heute Nacht, wenn es dunkelt, wieder pifpafpuf! zuschlagen? Bin ich denn gar nicht ganz allein im Universum?

Ein schmerzhafter Lernprozeß. War Schulz anfangs noch von seiner absoluten Einzigartigkeit ausgegangen, vom „Alleinstellungsmerkmal Schulz", wie er einst schrieb, so gerät diese vermeintlich sichere Position mehr und mehr ins Wanken. Spätestens seit der Begegnung mit seiner langjährigen Freundin Zsa Zsa Gabor setzt bei ihm ein massives, nachhaltiges Umdenken ein. Er hatte die legendäre Hollywoodkurtisane 1972 bei Dreharbeiten zu „Kommandosache Nackter Po" kennengelernt, einem ihrer besten Filme. Schulz ist gleichfalls in diesem raren Streifen zu sehen, allerdings nur von hinten. Weil es mit dem Bilderverkauf gerade hapert, muss er sich in Hollywood als Arschdouble verdingen. Der Job ist hart, nervenaufreibend, man wartet nur darauf, dass er einen Fehler macht. Aber das ist eine andere Geschichte ...

Erst viele, viele Jahre später, es muss um den Milleniumswechsel herum gewesen sein, gibt Schulz die wahre Identität seiner damaligen Auftraggeber und das Ergebnis seiner Forschungen preis: Dass es die amerikanischen Regierung war, für die Schulz die Nichtexistenz von Außerirdischen beweisen sollte; dass er nach eingehender Prüfung aller Ergebnisse jedoch zu einem ganz anderen Ergebnis gekommen ist; dass nämlich die amerikanische Regierung ausnahmslos aus Außerirdischen besteht! Und Wernher von Braun, Bill Gates und ZsaZsa Gabor sind auch welche!

Ergriffen und verstört schreibt er seinem Freund Herbert F. Kietznick: „Es ist ein Komplott, Herbert, ich weiß es! Wir werden von Aliens regiert! Schon die ganze Zeit. Die Rückseite des Mondes wird seit Jahrtausenden als toter Briefkasten benutzt. Daher der Wettlauf von Russen und Amis um die Rechte am Urknall! Versteh doch!"

Doch Kietznick, selbst ein eingeschleuster Hominide von Alpha Centauri, vernichtet diesen Brief augenblicklich mit seinen in die Brustwarzen implantierten Flammenwerfern.

Am Soundsovielten notiert Nic Schulz in seinem Tagebuch: „Echte Ufo-Sichtungen sind selten, noch seltener sind Sichtungen echter Gänsemägde, und Begegnungen beider miteinander praktisch ausgeschlossen. Glück oder Vorsehung, dass ich gerade vor Ort an der Staffelei stand und den Background schon voll auf der Leinwand hatte ?“

Aus Schulz' Polychrom-Pamphlet *Epistel von der Wega*: „Seit überall Passanten mit schussbereiten Digitalkameras lauern, verwenden sie nur noch unauffällige Linienmaschinen für ihre undurchsichtigen Missionen ... haben sich auch die Fühler abmontiert und aktualisieren ihr Erscheinungsbild mit

großer Raffinesse stets nach dem Stand der Mode ... verräterische Fehler wie links beim Punkfrisur-Bau oder rechts bei der Beinmontage unterlaufen ihnen kaum noch ... nur wenn sie total besoffen sind ... Sie ... ja, sie sind da draußen ... pssst!“

„Beim Stöbern nach Hinweisen auf die Existenz eines Paralleluniversums im Zentralnervenknoten stoßen Hirnforscher auf kurzlebige Synapsenstrukturen, die bei Reizung mit Wäsche- oder Büro-

klammern im Hirnanhanglappen eine Endlosschleife spontaner Déjà-Vus auslösen können. Dieser riskante Selbstversuch führt aber letztlich zu nichts.“

„Warum rauchen die Viecher heimlich Zigarren? Und warum surfen sie nur heimlich, nachts, im Mondenschein? Warum verzichten sie konsequent auf die Verwendung von Mobiltelefonen?

Wissen sie tatsächlich, dass wir sie nur für eine Art dicker Schimpansen halten? Dian Fossey begann beizeiten zu ahnen, wen sie da eigentlich vor sich hatte. Und verlor die Nerven. Zu früh."

„Offenbar scheuen wir herzlosen Ausbeuter der Weltmeere den klärenden Blick in die Tiefe. Sonst hätten wir längst große Leuchtkörper hinabsinken lassen, die dunklen Winkel ausgeleuchtet und erkannt: Da unten existieren tatsächlich höher entwickelte Lebewesen. Mit ihrer Intelligenz kann es allerdings nicht sehr weit her sein, sonst würden sie kaum ihre Wäsche zum Trocknen raushängen."

„Extrem weit oben, hoch über der Vegetationsgrenze, wo kein Grashalm wächst und außer R. Messner noch kein Sterblicher den Fuß hinsetzte, auch da kann man eigentlich keine kultivierten Lebewesen erwarten. Umso größer daher die Überraschung!“

DIE DIALEKTIK VON SOYLENT GRÜN

Und ein leerer Raumanzug auf dem Mond

Ist der Tod sein bester Freund? Aus dem Leben des Nic Schulz ist er jedenfalls nicht wegzudenken. Schon als Säugling hört er den Gevatter erstmals zart an die Schädeldecke klopfen, im Alter von sieben Jahren wird er voreilig für tot erklärt, und heute ist für den Hochbetagten jeder neue, noch erlebte Tag so eine Art Nahtoderfahrung. Doch hat Schulz bis jetzt jeden seiner vielen Tode überlebt – und damit auch sich selbst?

Man erinnere sich nur: Mitte der Siebzigerjahre, das NASA-Mondprogramm ist bereits auf Eis gelegt, macht ein fatales Gerücht die Runde: Astronauten der Apollo-17-Mission hätten auf der Mondoberfläche einen leeren Raumanzug gefunden. Die Konfektionsgröße, der in der Innentasche steckende Ausweis auf den Namen Hugo Z. Hackenbush und das im Kragensaum gefundene Wäschereizeichen lassen nur einen Schluss zu: der Raumanzug gehörte Nic Schulz. Er muss wohl als blinder Passagier im Wasserstofftank mitgereist sein. Da der Anzug leer und Schulz sowohl vom Erd- wie vom Mondboden verschwunden ist, wird er von der Presse („der Nihilistenpresse", wie Schulz pikanterweise im noch unveröffentlichten vierten Ergänzungsband seiner dreibändigen Autobiographie „Wie ich es all den Barbaren, Drecksäcken und Dummschwätzern garantiert noch besorgen werde, verlasst euch drauf!") für vermisst erklärt, später sogar für ganz tot. Doch wird sein Tod – Triumph Schulzens? – in der Öffentlichkeit nicht wahrgenommen.

Konsequenterweise freut sich der Ex-Siebenbürger seines (im Grunde ja: wieder gewonnenen) Lebens und schreibt dem langjährigen Freund Herbert F. Kietznick: „Wie freut es mich, dass ich mein Leben dem Wahren gewidmet habe, da es mir nun so leicht wird, zum Großen überzugehen, zum höchsten und reinsten Punkt des Absoluten: zu mir selbst." Kietznick, inzwischen selbst verstorben, läßt das Schreiben unbeantwortet.

Da kann man es nur als bittere Ironie der Geschichte betrachten, dass sich Ende der Achtzigerjahre ähnliches wiederholt: Schulz, von dem man aufgrund einer nachhaltigen Schaffenskrise schon längere Zeit nichts gehört hat, wird von seiner dritten Frau Sharon Mitchell offiziell für tot erklärt. Da die Geschichte glaubwürdig klingt, findet sie schnell Verbreitung.

Schulz, der aber nur Einkaufen war, ist empört und versucht, mit einer spektakulären Aktion auf sich und sein nicht erfolgtes Ableben aufmerksam zu machen: er gibt, zunächst zweimal jährlich, die Zeitschrift „N. S. – Nic Schulz' hochinteressantes Magazin" heraus, ist Chefredakteur, Anzeigenaquisiteur und Layouter in einem und berichtet in langen Fotoreportagen über sich selbst, rechnet mit Feinden ab und deckt kleinere Skandale in der unmittelbaren Nachbarschaft auf („Wie ein Riesenidiot seine Karre einfach auf meinem Parkplatz abstellte"). Zwischen den Kleinanzeigen („Suche tolerantes Paar zum Austausch von Telefonnummern") präsentiert er Einblicke in seine Malerwerkstatt, teils sogar im aufwendigen Vierfarbdruck.

Die düstere Studie „Nach dem Staatsbegräbnis" (Abb. rechts) zeigt den in Frieden (2) und einem geschmackvoll dekorierten Sarkophag (3) ruhenden Leichnam des physiognomisch leider nicht ganz perfekt getroffenen Ex-Präsidenten Lyndon B. Johnson (1), dessen freigelegter oberer

Hohlraum (4) mutierten Außerirdischen als Endlagerstätte für überkommene Ideen dient. Mit diesem hochwertigen Gemälde hat Schulz, der Apokalyptiker aus Leidenschaft, sich wahrhaft selbst übertroffen.

Auch nicht schlecht ist das großformatige Acrylfresko „Erlöser in Rosenhose" (S. 114/115). Schulz entfaltet in dieser Pietà quasi aus der Lameng seine typisch opulente Dialektik von Farbe und Form, angesiedelt zwischen den Polen Schöpfung und Erschöpfung. Mit wenigen kühnen Pinselstrichen macht er deutlich, dass der Mensch zum einen auch über den Tod hinaus als Rohstoff dienen kann („Soylent Grün"), andererseits aber auch Heimat und Ursprung, ja Gefäß Gottes ist. Durch die ungewöhnliche Perspektive schafft Schulz souveräne Anklänge an Caravaggios berühmte Grablegung von 1602, obwohl die Farbgebung doch eher an El Greco erinnert, bzw. an El Lissitzky.

Das wahre Vermächtnis des genialischen Allroundkünstlers Schulz aber sehen wir erst zwei Seiten weiter: Wenn der Tod ein Meister aus Deutschland ist, dann ist das Jenseits ein Genie aus

In der unvollkommensten aller Welten hat Nic Schulz das Theodizeeproblem fest am Wickel: „Wenn es um handfeste Gottesbeweise geht, stehen doch Wissenschaft und Klerus gemeinsam auf dem Schlauch. Die eine vermag IHN schlicht nirgends zu entdecken, der andere tischt ersatzweise fette Lügen auf. Einzig die allmächtige KUNST leuchtet immer wieder in die Gottesfinsternis. Hier

Siebenbürgen – nämlich ein Mann, der mit seinem gewaltigen Holztafelbild „Himmelserscheinung" (S. 116/117) die wohl süßeste und verlockendste Jenseitsvorstellung herbeihalluziniert hat, die jemals mit Eitempera gemalt wurde. Wie da der einsame Wanderer, ein Entlaufener aus Caspar David Friedrichs Werkstatt, möchte man meinen, mit modisch anspruchsvoller Mütze innehält und staunt: über das, was sich ihm da verführerisch am Firmament darbietet – also sagenhaft! Der geheimnisvoll irisierende Farbakkord aus gelb, orange und ocker ... eine Fata Morgana, ein Wink Gottes vielleicht ... und nicht zuletzt ein hauchzarter Verweis auf Courbets berühmte Geschlechtsteilstudie „Ursprung der Welt" von 1866.

Hier ist die Erfahrung des Glücks als einer „verschlossenen Pforte" (Schopenhauer) an einen bestimmten Ort gebunden; das Firmament, den Weltraum. Der Himmel hat eine Geschlechtsumwandlung erfahren und ist jetzt weiblich. Uns schaudert. Wir sehen das Jenseits des Nic Schulz – und wünschen und nichts als den eigenen Tod herbei. ■

zwei selbstgemalte Beispiele: *Heiterer Sonnenaufgang im Gebirge* – Der SCHÖPFER erscheint darauf nur noch halb so attraktiv wie einst bei Michelangelo, und sein Naturschauspiel wirkt wie banale Kulissenschieberei. Noch deutlicher werde ich allerdings rechts, in *Die Erschaffung einer neuen Galaxie im Auspuff eines Vogels* – ein Fingerzeig GOTTES? Dass ich nicht lache!"

„Normalsterblichen wird auch *post mortem* nichts Besonderes geboten. Gurus, Erwecker und Erleuchtete erwartet aber manche Extrawurst. Oft verschlucken sie jedoch den Löffel lieber, als ihn abzugeben. Dann öffnet das blaue Teufelsweib, assistiert von seinen Zofen, persönlich den

Menschensohn in der Rosenhose. Kreucht bei der Prozedur auch noch ein eiweißreicher Gotteswurm hervor, schnappt ihn sich der fünfäugige Höllenhund. So haargenau wie hier gab's das noch nirgendwo zu sehen."

„Weil selbst das Jenseits nicht ewig der Erforschung trotzt, erfährt man jetzt schon und durch mich immerhin so viel: Der frisch Verstorbene betritt, klein wie ein Gartenzwerg, eine grüngraue Aue, durch die der Fluss ohne Wiederkehr zum Horizont hin mäandert. Mehr wird leider nicht geboten.

Keine Autos, keine Würstelbuden, nur ganz unverstellter Kitsch. Der wackere Seelenwanderer mag Heimweh fühlen – aber Pustekuchen.“

Zum Abschied zeigt uns Nic Schulz sein Paradies: „Nach landläufiger Ansicht hat die Menschheit in puncto Zukunftsfähigkeit schlechte Karten. Würden alle Kräfte gebündelt, strengte jeder seinen Kopf an, wären die Prognosen rosiger: Dann könnten wir extravagant gekleidet unter klimatisierten Käseglocken lustwandeln, an Champagner-Spritzbrunnen vorbei durch parfümierte Botanik

taumeln und unser Geld mit Pferdewetten, Lotto und Preisausschreiben machen. Gut gefüllte Lustorgane und allzeit lockere Sitten versüßten uns den permanenten Lenz. Ja, wir sängen gar im Chor, wären sagenhaft intelligent und hörten ihn tagein, tagaus: den süßen Ohrwurm-Sound meiner Zukunftsmusic.“

Komposition mit eigenem Hirn und ausgelatschten Lackschuhen: Sein letztes Selbstportrait in reifen Jahren.

BEGEGNUNG MIT CHRUSCHTSCHOW

Sechs teilweise schnulzice Geschichten

Aus drei Anekdoten, sagt Nietzsche, sei es möglich, das Bild eines Menschen zu geben. Hier irrte der seehundbärtige Endzeitphilosoph, aber wer wollte es ihm verübeln – er konnte Nic Schulz ja noch gar nicht kennen: Nietzsche verstarb ganze elf Jahre vor der Ankunft Nic Schulzens auf der Erde. Inzwischen hat die moderne Anekdotenforschung längst nachgewiesen, dass man mindestens sechs kleine Histörchen braucht, um einen Menschen angemessen zu beschreiben.

Schulz-Entwurf für sein Weekend-Häuschen in Marokko. Die gleich mitgeplante Disco im nahen Dörfchen verstärkt den außerirdischen Gesamteindruck ebenso wie die heliumgefüllten Himmelskörper an unsichtbaren Strings.

Nic Schulz hatte sich eines Tages dafür entschieden, seinen Namen nur noch zusammengeschrieben sehen zu wollen, als Kontraktion, in einem Wort: Nicschulz. So richtig geil als Marke. Heutzutage keine große Sache, man nennt das *rebranding* oder *relauching* oder so ähnlich, aber damals, in den Fünfzigern, ein unerhörter Vorgang. Zwar schaltete Schulz in allen möglichen Lokalzeitungen wie auch überregionalen Blättern kleine Anzeigen, um auf diese Neubenennung hinzuweisen. Dem Fräulein von der Anzeigenannahme des *Boston Globe* allerdings unterlief dabei ein peinlicher Tippfehler, im Anzeigentext stand, Nic Schulz heiße ab sofort „Schnulzic". Da ließ Schulz ab von diesem Unterfangen.

Viele Jahre später war Nic Schulz einmal von einer letztlich inkompetenten Jury des fortgesetzten Missbrauchs von Waffen, Medikamenten und absurden Ideen für schuldig befunden worden. Und das kam so: Der Richter fragte, ob er, Schulz, sich schuldig bekenne. Dieser plädierte indes auf „Nicht schuldig!" In der Jury saß offenbar ein Mann aus Boston, denn der schrie plötzlich heraus: „Mr. Nic Schnulzic, hahaha." Da lachten auch alle anderen und alberten herum, manche stiegen vor Begeisterung sogar auf die Stühle. Und der Richter, ein Lachtränchen aus den Augen sich reibend, schickte den fassungslosen Schulz unter dem johlenden Applaus der Jury für

mehrere Jahre in ein Hochsicherheitsgefängnis in der Wüste von Arizona. Dort fand Schulz für kurze Zeit zur Religion, wurde ein angesehener und beliebter Gefangener und folgerichtig auch einige Jahre vor Ablauf der Haftzeit wegen guter Führung entlassen. Ein schöneres Ende einer Geschichte, die eigentlich ziemlich unschön begann, ist nicht denkbar.

Voilà: ein Gurkengleiter. Schulz sah ihn von seiner Jacht aus kommen!

Der kleine Nic verehrt Albert Schweitzer und malte sich selbst als Tropenarzt im Sanka vor ohnmächtigem Nilpferd. Dafür erntete er eine Kopfnuss von seiner blinden Zeichenlehrerin.

Eine Anekdote, die heute fälschlicherweise einer Begegnung von John F. Kennedy mit Chruschtschow zugeschrieben wird, geht in Wahrheit auf eine Begegnung von Nic Schulz mit dem damals nicht mehr ganz taufrischen Walter Gropius zurück. Besonders ereignisreich, gar prickelnd war diese Begegnung jedoch nicht, ja, sie hatte nicht einmal annähernd anekdotenfähigen Charakter.

Von Schlangenforschung verstand Nic Schulz nie etwas. Ebenso wenig von Trichinenforschung. Hat ihn nie interessiert. So erging es ihm mit Onkologie, Nautik, vergleichender Kulturforschung und Mathe. Das gab ihm einfach nichts. Genau so wenig wie Intensivmedizin, das Reich der Phönizier, die Namen sämtlicher US-Präsidenten, Neid und Geiz, sämtliche Verordnungen, die bewegliche Sachen betrafen und alle damit zusammenhängenden Untersachgebiete. Das muss man einfach akzeptieren. Schulz wird schon seine Gründe gehabt haben, als er am 14. 7. 1961 auf dem 4. Internationalen Nukleardiskussionskongress in Louisville, Kentucky, vor einem beharrlich sich leerenden Publikumssaal sprach: „Und auf die Genforschung und die Bibel und diese ganzen Nahverkehrsstudien ist doch auch geschissen, meine Herren, seinwirdochehrlich, dassissdochpillepalle!"

Nic Schulz war ein Zukunftsforscher, wie er im Buche steht. In einem Buch, das er selbst geschrieben und verlegt hat. Es trägt den Titel „Autobiographie Teil 3 - Die letzten Jahre meines lebenslangen Kampfes gegen eine Horde von Banditen, Gesinnungsfetischisten und Barbaren nebst einem wissenschaftlichen Anhang mit vielen überarbeiteten Diagrammen und Beschimpfungen". Es war dies ein faszinierendes Buch voller Zahlen, Tabellen, komplizierter Formeln und letzten Endes ziemlich unverständlicher Diagramme. Es erschien auch insgesamt nur eine einzige Besprechung dieses Werkes, und zwar im *Boston Globe*. Der Rezensent befand, Schulz' Selberlebensbeschreibung sei „irgend so ein dröges, rechthaberisches Machwerk, noch dröger als ein olles Mathebuch, dem man von Herzen nichts als ein baldiges Ende auf dem Scheiterhaufen wünschen möchte. Weil es absolut unverständlich ist, ein pädagogischer Rohrkrepierer, in seiner betulichen Hochwissenschaftlichkeit bis zur Lächerlichkeit arrogant und außerdem - bei diesem läppischen Umfang! - auch viel zu teuer!" Die Rezension schloss sinngemäß mit der Frage, was man auch schon groß von einem angeblichen Künstler erwarten könne, der einen derart lächerlichen Namen trüge: „Schnulzic". Man hätte es ahnen können.

Nic Schulz aß für sein Leben gerne Brei, an Festtagen aber auch Grütze, Mus, Haferschleim, Passiertes oder Pampe mit Salat. Oft ging er aus, derlei zu essen, ließ sich das Zeug aber mindestens ebenso oft per Eilboten nach Hause bringen. Am Telefon sagte er dem Bestellfräulein dann immer: „Bitte einmal Pampe mit Grütze, aber ohne Salat. Ja, auf den Namen Nic Schulz. Schulz! Schulzkommanic! Hören Sie? Nein! Nooooo! Nicht Schnulzic! Nein, nicht auf diesen Namen, neeeeiiiinn ..." ■

Mit einem achtlos ausgedrückten Joint entfacht Schulz unlöschbare Kunstschnee-Brände in den Rocky Mountains. Auf der Flucht vor der Feuerwalze gelingt ihm dieses letzte Ölbild. Danach entstehen nur noch Polaroids.